KIESERITZKY

DAS BUCH DER DESASTER

ROMAN/KLETT-COTTA

1

Auf meiner privaten Skala der Desaster, der Katastrophen, der Debakel, der Kalamitäten, der Konfusionen, der Schlamassel, der Fatalitäten, der Niederlagen und der Mißgeschicke nehmen die Unannehmlichkeiten der Reise mit Brant keine besonders prominente Stellung ein.

Natürlich war die Reise ein einziges, wenn auch sanftes Fiasko, das lag an der unendlichen Höflichkeit und Zurückhaltung meines Reisebegleiters –, aber gemessen an den Posten der Vennschen Katastrophenliste (wobei der Ausdruck Katastrophe ein sehr vorläufiger ist) in ihrer speziellen Reichhaltigkeit, war diese Reise- und Flucht-Kalamität von gewissermaßen subalternem Rang, so daß man an diesem stillen Ort (Hotel Raymond, Le B., Dordogne) besser von einem Flop spricht oder einer Blödheit, der heimlichen Mutter aller Niederlagen.

Reise-Malheur, mit Maladie.

1963 reiste ich mit einer zarten Freundin, Magdalena, in Ägypten von Cairo nach Luxor. Vielleicht hätten wir nicht den Nachtzug nehmen sollen.

Der erste Fehler war, anzunehmen, in der Nacht sei es wesentlich kühler als bei Tage.

Magdalena vertrug auch nicht die ägyptische Küche, die im Zuge leichte französische Akzente hatte.

Jedenfalls war ihr übel. Mit bleicher Miene sah sie mich hoffnungslos im schwankenden Pullman-Coupé an und ging alle zehn Minuten auf die gottlob nahe Zugtoilette. Im Laufe der Nacht wurde die Toilette immer schmutziger und damit für die heikle Magdalena unbenutzbar. Bald nahm sie die hilfreichen Bleitüten der Egypt Air für einen Vomitus zu Lande; später kamen kleine Koliken dazu und im Morgengrauen gestand sie mir, ihre Tage bekommen zu haben. Der Steward verstand unser Problem weder in englischer noch in französischer Sprache.

Selbst die schöne Internationalität des Ausdrucks Tampoon erweckte Hygiene-Assoziationen. Magdalena begann zu weinen und sagte, die Reise sei ein elendes Fiasko.

Die Sonne ging auf, und an den grünen Gräben standen Wasserbüffel, die Amon aus braunen Augen anbeteten.
Ich wies Magdalena zurecht und sagte, wir seien weit entfernt von einem Fiasko. Ein paar ungünstige Umstände – Hitze, weibliche Schwäche (ich meinte ihre Periode), die ägyptische Atmosphäre, vielleicht ein ungewaschener Salat am Vortag im Hilton . . .
Magdalena erbrach sich verschnupft und sagte, ich sei ein Trottel. Sie fühle sich einfach beschissen (nicht einmal das ist einfach, dachte ich damals), sie blute, sie müsse sich erbrechen, der Schweiß kitzele sie am ganzen Körper, sie habe Kopfschmerzen und Durst usw.

2

Es soll, sagt der große Wollheim, pardon, sagte der große Wollheim, Menschen mit dem betäubenden Wunsch (Interesse?) nach Katastrophen geben, vorausgesetzt, sie haben Format, eine gewisse würdige Delikatesse, die sie dermaleinst zu Juwelen einer späteren Erinnerung machen.

Aber eine derartige Überlegung setzt viel Katastrophensinn voraus. Man muß sich hinsichtlich der Differenzen zwischen Katastrophen, den Desastern und den Niederlagen viel vorsichtiger ausdrücken, denn gerade die sogenannten kontingenten Überlappungen (McGee) machen Zufälle und Handlungen zu dem, was aus ihnen wird.

Wollheim, Theorie und Praxis des Desasters, Fialty Press, Paris, Boston, Berlin, war ein Spezialist der sogenannten Niederlagen, und sein Kapitel über Niederlagen-Strukturen gehört wohl zu den schönsten Passagen seines an wissenschaftlicher Prosa so reichen Lebens.

Eine derartige Niederlagenstruktur erzeugte ich, ohne Absicht, im Zug nach Luxor mit der armen Magdalena. Ich setzte mich nämlich neben sie und spielte den caritativen Liebhaber. Ich wischte ihr den Mund mit einem feuchten Taschentuch aus, knöpfte ihr Kleid auf und fächelte ihr mit einer Zeitung Luft zu, während ich beruhigende Sätze in ihr rechtes Ohr murmelte.

Ihre Würgeanfälle wurden schwächer und sie mußte in einer halben Stunde nur zwei Mal die Tüte benutzen. Sie roch jetzt ein bißchen säuerlich, ein wenig nach Schweiß mit einer ägyptischen, ziemlich erhitzten Variation von Chamade, also für diese frühe Stunde und nach der schweren Nacht recht erotisch, und leider wollte ich ihr das auch zeigen.

Als ich unter dem Rock (Seide mit Leinen, grau) ihre Schenkel streicheln wollte, stieß sie mich heftig zurück und die alten Spasmen setzten wieder ein.

Den Rest der Fahrt verbrachten wir schweigend.

Auf der Terrasse des New Winter Palace sagte ich, mit einem Whisky in der Hand wirst du dich wohler fühlen. In Luxor ver-

suchten wir um sechs Uhr morgens Tampons aufzutreiben, aber Ägypten ist kein hoch entwickeltes Land, im Zimmer waren Kakerlaken und sie haßte Kakerlaken usw. – die Linie war klar und vorgezeichnet.
Man kann leicht sehen, wie ein Malheur mit Zufalls-Elementen wieder zu einer Niederlage führt.

3

Hinter Périgueux hatte Brant einen kleinen Kollaps und kotzte dezent in ein Satin-Taschentuch, Geschenk seiner Frau, soviel ich wußte.
Wir quartierten uns in einem Rasthaus namens Nomade ein, wo ich uns mit zitternder Hand in die Hotelliste eintrug. Wir trafen uns zum Abendessen in der Hotelhalle und gingen schweigend (Brant war wieder oder noch immer oder schon wieder aphon) ins Restaurant, einen Raum mit kleinen Tischen und einem Kamin; sogar in Betrieb, wenn ich mich exakt erinnere.
Als wir saßen, breitete Brant seinen Zettelkosmos auf der gewürfelten Tischdecke aus, von Nummer 1 bis 19, und die zufällige Ordnung ergab folgendes Chaos:
19 – ich will sterben.
10 – unterlassen Sie sofort das Rauchen!
18 – nieder mit der Onkologie und der Chemotherapie!
1 – bitte drosseln Sie die Fahrgeschwindigkeit!
2 – ich muß austreten.
3 – das Klopapier taugt nichts – zu hart.
16 – Sie modulieren falsch.
5 – bitte erzählen Sie mir eine heitere Geschichte.
17 – gibt es hier kein Pornokino?
4 – bitte schweigen Sie.
14 – erläutern Sie bitte die Vennsche Universaltherapie.
7 – bitte Gannini abspielen.
8 – bitte Mozart. Bin gerührt.
10 – erzählen Sie bitte von Ihren Niederlagen.
6 – machen Sie Musik, egal welche.
15 – bitte vorlesen!
13 – Desaster-Theorie und -Praxis, Kelpsche Varianten!
11 – berichten Sie über die Katastrophe mit Ihrer Freundin.
12 – bitte Familienanekdoten.
Welche Nummer, fragte ich höflich.
Brant hob fünf Finger in die Höhe und versenkte sich dann wieder in die Speisekarte.

Auf einer Korallenriff-Insel ist gerade der letzte Schluck Wasser zur Neige gegangen –
An dieser Stelle hob Brant eindrucksvoll beide Hände und danach zwei zitternde Einzelfinger. 12. Auch gut.
Ca. 1962, sagte ich, befahl mir Tante Böhmchen, 89, sie zu einer Dichterlesung mit dem berühmten baltischen Dichter Werner B. zu begleiten, der im Kurhaus eines kleinen Luftkurortes im Harz lesen sollte.
Danach gab es einen kleinen Imbiß im baltischen Heim von Tante Böhmchen, Kümmelbrötchen, steinhart, und kleine Frikadellen, ebenfalls steinhart.
Brant hörte aufmerksam zu; was Katastrophen und ihren Aufbau betraf, war er Stilist von Rang.
Ich erzählte in Erwartung des Nahrungs-Fiaskos in einer aufgeräumten Likelihood-Stimmung.
Der narben- und pockenreiche Dichter bot den Kümmelbrötchen die Stirn. Tante Böhmchen thronte triumphierend über dem Dichter, der so niedrig auf einer Chaiselongue (aus dem Besitz der Romanoffs) saß, daß sich sein edler Schädel zwischen seinen Knien befand.
Werner, fragte Tante Böhmchen mit schmelzender Stimme, erinnerst du dich noch unser Rendezvous am Ufer der Düna an jenen göttlichen Sommerabenden des Jahres –
Aber gewiß, sagte der Dichter geistesgegenwärtig.
Ich sah ihm an, daß er keinen Schimmer einer Erinnerung hatte.
Nein, haben wir uns geliebt, sagte Tante Böhmchen befriedigt und keckerte wie ein Pinselohräffchen.
Gewiß doch, sagte der Dichter und ließ Krümel von seinem Kümmelbrötchen auf den Teppich fallen – ebenfalls aus dem Besitz der Romanoffs; Tante Böhmchen war dort Gesellschafterin gewesen.
Junge, sagte sie streng, sag doch etwas.
(Brant stieß einen Laut aus, der einem Kichern sehr nahe kam.)
Ich war peinlich berührt (15 schwächliche, katastrophale Jahre alt und vor Pein zog sich mir die Arschrosette zusammen).
Es war eigentlich immer schönes Wetter, sagte Tante Böhm-

chen und warf einen scharfen Blick auf ihren rachitischen Liebhaber.
Selbstverständlich, sagte W. B. mit seiner Corps-Stimme.
Erbarmung, rief Tante Böhmchen unvermutet, so daß der Dichter seine Balance mit Tee, Knien und Kümmelbrötchen verlor – was haben wir uns geliebt.
Ganz gewiß, sagte der Dichter, der sich ungehemmt seiner Erinnerungs-Schwäche hingab.
Dann verlangte er nach einem Cognac.
Aber gewiß, sagte Tante Böhmchen und holte eine Flasche Wodka. Man darf sich die Erinnerungen nicht schänden lassen. Du hast schon immer Wodka getrunken, sagte Tante Böhmchen und schenkte dem Dichter einen uralten Blick über ihre mit Lippenstift verschmierten Zähne.
Der Dichter beugte sich der Order aus der Vergangenheit und trank gehorsam Wodka aus einem winzigen, venezianischen Gläschen aus dem Besitz der Romanoffs.
Nach dem Besuch lobte Tante Böhmchen die ›Sublimität‹ und Höflichkeit ihres illustren Gastes und mir wurde ein für allemal klar, daß Niederlagen nur eine Frage prospektiver Interpretation sind, sonst nichts.
Nach der Geschichte bestellte sich Brant eine Rinderbouillon mit Strohhalm, während ich mich über meine Innereien mit Hilfe eines Pastis beugte.

4

Wollheim kam ums Leben, als er bei einer Schmetterlingsjagd in den Rocky Mountains 1981 den Niederlagen-Struktur-Gedanken nicht so vollständig und kalkuliert auf die Fauna übertrug, wie es im Sinne der präventiven Vernunft wünschenswert gewesen wäre.

Wie sein Freund, der Turbulenz- und Chaos-Forscher McGee mitteilte, nahm Wollheim eine gereizte Grizzly-Bärin (Mutter und Pflanzenfresserin) nicht ernst, die mit vier wolligen Bälgern seinen Pfad kreuzte.

Wollheim war in Gedanken (Katastrophentheorie oder ein besonders schöner Parnassus-Schmetterling), und die Bärin gab ihm eine Ohrfeige.

Er hatte nie so recht, sagte McGee leicht gekränkt, die Idee der Verzweigung, der Vergabelung, der rechtzeitigen Bifurkation verstanden, in der sich ja der präventive Reflex der Flucht am vernünftigsten äußert.

Angeregt durch Wollheims überraschendes Ende schrieb McGee eine sehr gute, wenn auch schlecht übersetzte Arbeit über Voraussage, Bifurkation, Zufall und die Niederlagen-Lage.

5

Das Hotel in Le B. war ein mieser, übergroßer Kasten mit ein paar Touristen aus England, gottlob nicht Deutschland, Belgien und den Niederlanden.

Ich schleppte Brant in seine kleine Suite, Nummer 24, und wartete in Zimmer 25 eine Viertelstunde auf die doppelte Bagage. Offensichtlich fanden sie keinen Platz für den winzigen, kobaltblauen Fiat.

Ich weiß nicht, wie lange Brant es noch machen wird. Die Verläufe dieses Leidens – Fiasko mit Stimme sozusagen – sind mir nicht bekannt und ich kenne auch keine Fälle aus der Literatur; derlei Erkrankungen werden in der schönen Literatur sowieso krankgeschrieben, will sagen – totgeschwiegen. Aber endlich ein ruhiger Punkt, von dem man – na, ich inspizierte jedenfalls erst einmal das Zimmer.

Die Nummer 25 war immerhin eine neutrale Zahl und sah nicht niederträchtig aus. Ein Bett mit einer Kamelhaardecke, sah bequem aus, setzte mich, es ächzte bei heftigen Bewegungen. Gut so. Hatte keine heftigen Bewegungen vor.

Vor dem Fenster mit dem Blick auf die Vézère, alles ziemlich idyllisch, stand ein alter, senffarben lackierter Sekretär, zu dem ein kleiner stilloser, viel zu hoher Sessel gehörte. Der Schrank gegenüber dem Bett hatte sich von der Wand gelöst und glotzte in einem bedrohlichen Winkel auf meine einsame, in der Nacht ächzende Lagerstatt.

Und dann fläzte sich dort ein Sessel-Monstrum, mit Chintz überzogen in der Farbe eines kranken Chinchillas, das seine gekrümmten Beine weit ins Zimmer streckte. Ich nahm Platz, o ich nahm Platz, ich saß.

Ließ mir eine Flasche vom heimischen Wein, rot, über den Zimmerservice bringen.

6

Eines Tages erhielt ich von Brant einen Brief, in dem er mich bat, ihn nach Frankreich zu fahren. Er benutzte den Ausdruck chauffieren. Kosten und Reisespesen trüge selbstverständlich er und auch alle Nebenkosten. Der betuliche Tonfall und die Brüche im Tonfall der Epistel hätten mich als Niederlagenspezialisten stutzig machen müssen.

Einen Passus kann ich immer noch komplett zitieren, trotz meines katastrophalen Gedächtnisses – es hieß da in einer schwankenden, violetten Handschrift mit trübsinnigen Unterlängen bei jeder Gelegenheit:

. . . daß, wenn das definitive Ende naht mit Riesenschritten, man sich als unheilbar alter Mensch nach jenen Orten sehnt, die man in der Jugend schätzte. Es sind dies die Hügel und Ränfte der Dordogne, dieses lieblichen Fleckchens Erde . . .

(Brant machte ein paar landschaftstechnische Angaben, die man aus jedem Baedeker kennt und die ich daher übergehe.) Ein paar geringfügige Reisemodalitäten sollten, im Sinne jeder geistigen und physischen Gesundheit, immerhin eingehalten werden.

So sollten wir nicht schneller chauffieren als mit der kommoden Reisegeschwindigkeit von nicht mehr als 70 Stundenkilometern. Wegen meines Leidens (Asthma und andere Malaisen im Bereich der Atmung) wäre es angeraten, mich hinten sitzen zu lassen, wegen der Ventilation.

Da ich Hotelessen schlecht vertrage, zumal das französische, wäre es am besten, in einer Kühlbox alle jene Speisen mitzuführen, die mein leider maroder, extrem empfindlicher Magen nicht ablehnt.

Da meine Sprechfähigkeit durch ein internes Leiden strikt vermindert ist, wäre ich Ihnen sehr verbunden, mein lieber Kelp, wenn Sie mich mit Ihrer angenehmen Stimme über Ihre Eindrükke (Landschaft etc.) schadlos hielten. Wir liebten es auch, wenn Sie . . . usw.

7

Brant schläft. Hat sein Lieblingspalliativum eingenommen, 20 qcm Cognac, 12 Jahre alt, und wälzt sich wahrscheinlich, das arme Schwein, in glottalen Traumtälern.

Ich habe mir eine Anzahl Crayons gekauft, alle schwarz, Kugelschreiber, Bleistifte etc. und massenhaft Papier. Man muß das alles ordnen. Man muß das alles klassifizieren, rubrizieren und lexifizieren. Dabei weiß ich mit aller Klarheit, daß es für die Lexifikation zu spät ist. Hätten wir rechtzeitig alle Phänomene, Ereignisse, Fälle und Situationen lexifiziert nach dem Vennschen Glossarium, nach dem Codex mal., ach, dann wären wir der Katastrophe in jedem Fall gewachsen gewesen. Eine unglückliche konjunktivische Plusquamperfekt-Katastrophe.

In allem schlummert ein Desaster. (Wollheim, der es wissen muß.)

In Espinas geblättert, fahrig, fahrig, aber den Satz immerhin auf Seite 187 gefunden –

Ist uns unter bestimmten Verhältnissen einmal etwas begegnet, so fürchten oder hoffen wir (wir fürchten), daß es unter denselben Bedingungen wieder eintreten werde.

Man müßte, pflegte mein fataler Freund Venn zu sagen, die Realität so lesen und interpretieren, wie man beliebige Texte von verschiedener Qualität und Quantität liest – und immer mit verschiedenen Methoden, dann könnte eigentlich nichts passieren.

Ncin.

Eigentlich nicht. Aber die attributive Verwendung eines Adjektivs ist in jedem Fall mißlich, wenn nicht fatal.

Gerade die alltäglichen und menschlichen Mißgeschicke und Niederlagen entstellten mich; aber wovon.

Dies sagt der Desasterwurm Queron in seinem Tagebuch aus dem Jahre 1777.

Ich muß mich konzentrieren. Der Landwein ist bestimmt kein Premier Cru. Mir ist übel. Man muß viel vorsichtiger leben, sozusagen auf Zehenspitzen.

Allzeit providentia.

8

Ich kannte den unglücklichen Brant natürlich sehr gut, inkl. seines Nervensystems und aller seiner Macken. Am 9. Mai begab ich mich mit dem Opfer der Vennschen Universaltherapie auf die Flucht.

Opfer ist vielleicht zuviel gesagt, ich machte mich mit einem Betroffenen auf den Weg.

Auf den heiklen Therapiepunkt kam Brant unter größten stilistischen Vorsichtsmaßregeln. Nach der kleinen rhetorischen Volte, die da hieß: Aber ich will nicht lamentieren, fuhr er geläufig fort: Das intrigenreiche, mitunter tückische Schicksal hat mich denn nun doch ereilt. Ich will nicht hadern mit meinem Schicksal oder der Vorherbestimmtheit seines Trübsinns, aber ausrufen will und werde ich – und wer, mein lieber Kelp, verstünde mich besser: Calamitas!

Ach, ich darf mich nicht beklagen. Abgesehen von Scharlach, Masern, Keuchhusten, Mumps und einer chronischen Conjunktivitis war ich vor allem in der Kindheit kerngesund, von einigen Mißhelligkeiten abgesehen, wie einem chronischen Asthma, einer lästigen Pollenallergie, einer angeborenen Herzschwäche, einer notorisch schwachen Blase und einer vorübergehenden, durch meine Produktivität erzeugte Amphetaminsucht, die Dr. Wretten aus Zermatt in vierundzwanzig Sitzungen von mir nahm, wie manche andere naturbedingte Widrigkeit meiner Persönlichkeit, erfreute ich mich bis zur Therapie bei Dr. Venn (er machte ihn zum Approbierten) trotz meines unaufhaltsamen, schrecklichen Leidens bester Gesundheit, wenngleich immer mit angespannten Nerven bis zur schweren Neuralgie.

Ich vergaß die Nachteile einer verwachsenen Nasenscheidenwand zu erwähnen, die mich viel Glück an der Seite empfindlicher Frauen gekostet hat.

Bis zu Dr. Venns denkwürdiger, am Anfang durchaus erfolgreicher Therapie habe ich ein heroisches Leben geführt, ungetrübt sozusagen durch die schwerfälligen Rettungsmanöver von Analytikern und Psychiatern.

Mit Wehmut muß ich konstatieren, daß – (hier hatte Brant eine Masche seines Satzes fallen lassen, kam dann aber rasch wieder ins rechte Fahrwasser seines geläufigen Lamentos:) . . . mich meine über alles geliebte Frau nach dreißig Jahren intensiver Ehe verlassen auch eine signifikante Bedeutung für den Verlauf meines Leidens – an dieser Stelle schien Brant die Interpunktion lästig zu werden.

9

Als mich Brants Brief erreichte, sinister und konfus, auf eisblauem Briefpapier mit einem Condor als Signet, fand er mich in einer Stimmung vor, die einer milden, unaufgeregten Verzweiflung am nächsten kam.
Das Kelp-Bild war klinisch unaufdringlich – hochgradige Erschöpfung, rasende Kopfschmerzen, ein durch die Diäten zermürbter Magen, hochgradig nervös und von peinlicher Schreckhaftigkeit. Beim geringsten unerwarteten Geräusch zuckte ich zusammen und ließ Gegenstände fallen.
Ich war den Gesprächen mit Anna nicht mehr gewachsen. Meine Mutter laborierte theatralisch am letalen Ausgang ihres Krebses; auch mein Pylorus war geschlossen, darin liegt nichts Symbolisches. Immer, bevor ich meine Ma im Krankenhaus besuchte, mußte ich Valium fressen und das bei meinem empfindlichen Magensystem, das ohnehin nur alle Nahrung widerwillig annahm und allzu bereitwillig ausschied.
Ja, was vertrug ich noch so gut wie gar nicht – es war der gute, unermüdliche Kelp mit seiner gesunden Geschäftsidee, die einfach katastrophal war, ach, es war alles katastrophal, vom Anfang bis zum Ende, und wo sollte ich anfangen, das gesamte System der Niederlagen, Desaster und Katastrophen auf meine Existenz so zu beziehen, als sei ich allein schuld und hätte alle Katastrophen selbst (eigenhändig, unter Diktat) induziert.
Ich mußte untersuchen, warum ich dieses Leben nicht mehr recht ertrug, warum immer alles schiefging, mißglückte, scheiterte, fehlschlug, platzte und zu Bruch ging.
Als Queron, um über sein Leben nachzudenken, im Februar 1767 verreiste, blieb seine Kutsche im Schlamm stecken; eine Dame, mit der er im Gasthaus die Gewitternacht verbrachte, stahl ihm die Barschaft und hinterließ ihm einen weichen Schanker; bei der Ankunft in Mimizan (Plage), wo der geplagte Mann seine Nerven an der Seeluft stählen wollte, fielen ihn schon am zweiten Tag drei streunende Hunde an und bissen ihn aufs Blut; in Ängsten vor Tollwut begab sich Queron in die Hände eines

Quacksalbers, der ihn mit schmutzigen Instrumenten behandelte; prompt bekam Queron eine stattliche Allergie, so sein Ausdruck, die sich in einem Ausschlag mitten im Gesicht äußerte, der stank, näßte und widerlich kitzelte.
Der Ausdruck ›mitten im Gesicht‹ ist so rührend, daß ich diese Stelle mehrmals las, immer noch nicht entschlossen, ob ich die Reise nach Frankreich mit Fiat und dem halbtoten Brant machen sollte.

10

Morgen fange ich mit dem Aufarbeiten an.
Die Sonne scheint. Aufarbeiten ist ein entsetzlicher Ausdruck. Muß ein Synonym finden, würdig und seriös für diese meine Aufgabe.
Leider bin ich das wissenschaftliche Arbeiten nicht gewöhnt. Hätte ich die Kaltblütigkeit, Geschwindigkeit und Routine meiner kühlen Anna M., ja dann sähe die Sache mit dem Prinzip der rückläufigen Ordnung anders aus.
Anna war imstande, nach drei Monaten intensiver und sehr ausgedehnter Lektüre, die auch den am meisten entlegenen Gegenstand nicht verschonte oder verschmähte, sich eines Tages beherzt hinzuhocken und dann einfach mit dem Schreiben anzufangen, jeden Tag, sehr angespannt, bleich, mit einer Zunge im rechten Mundwinkel – und – sofort in die Maschine. Mit Erotik war in solchen Zeiten natürlich nichts – am wenigsten in der Zeit, in der sie ihre Arbeit über Carl Schmitt schrieb. Berührte ich sie, dann stöhnte sie, aber nicht aus Lust, sondern aus Angst, ich wollte noch mehr berühren. Versuchte ich sie bei einem ihrer Denkakte in der Küche richtig zu küssen, öffnete sie wohl den Mund, während ihre braunen, leicht hervorstehenden Augen einen Punkt an der Wand fixierten, benahm sich aber insgesamt so, als sei ich nicht vorhanden. Aus Bequemlichkeit oder um Aktivitäten meinerseits auf einem Minimum zu halten, hielt sie während meines Kusses den Mund geöffnet und schloß ihn danach sofort, ohne die Blickachse zu ändern.
Soll man Einzelblätter benutzen und dann numerieren, oder wäre es besser, eine Kladde, also ein Merkheft mit ca. 150 Seiten zu benutzen, so daß die Katastrophen-Chronik eine fortlaufende wäre oder würde, blöder Konjunktiv. In jedem Fall müßte die Chronik, die Geschichte von A bis Y in continuo jeden Tag, wie ein Pensum, fortgesetzt werden. Die Beispiele aus der Literatur und dem Leben könnte man auf separaten Blättern sammeln, aber das wäre sinnlos, solange ich kein Klassifikationssystem habe.

Da saß ich an diesem Dienstag in dem chinchillafarbenen Sesselmonstrum und dachte automatisch, daß eine Liste für den Amateur das beste Ordnungsprinzip wäre, jeder Idiot kann Listen machen, Listen sind gewissermaßen die Urzelle der Ordnung und man muß noch nicht einmal alphabetisch verfahren, weil auch das kompletteste System einer Klassifikation die Reihenfolge und die heimliche Rangordnung des Listengegenstandes nicht kennt.
In meinem maroden Zustand war ich stolz auf meinen Einfall und wiederholte wie ein Volltrottel das Wort Liste, das seinen Ursprung im Lateinischen hat, lista.
Du bist im Mündlichen immer so unbeholfen. (Anna M.) Aber nicht im Schriftlichen, meine Schöne, nicht im Schriftlichen. Wir werden mit dem Kugelschreiber, dem Füllfederhalter und vielleicht mit einem besonders fetten Bleistift, höllenschwarz, eine düstere Ordnung in diesem unseren Chaos schaffen.

Einmal gingen wir um einen See spazieren.
Wir konnten kaum noch sprechen.
Ein Herr mit einem Hund erschien.
Ich machte einen Sprechakt und sagte:
Schau mal, ein Dalmatiner.
Alter Rassist, sagte Anna M.
Das waren so unsere Unterhaltungen.

Ich werde eine Anna-Liste anfertigen und laufend kommentieren. Ein verständiger Kommentar verbessert jede Liste, eigentlich ist eine Liste, die fortlaufend kommentiert, schon etwas besseres als eine Liste.
Aber vor allem muß ich eine Liste machen, in der streng notiert wird, was die Listen enthalten sollen, denn die Objekte der Misere oder der Katastrophe sind nicht immer kohärent, so daß auch eine Liste entstehen muß über jene Katastrophen, die sich kohärent benommen haben gegenüber denen, die gänzlich disparat, also wie ein Blitzschlag, völlig, absolut überraschend, in jedem Fall unberechenbar waren und gewissermaßen auch geblieben

sind, selbst dann, wenn alle Elemente, die eine bestimmte Katastrophe konstituieren, versammelt sind.
Eben steckte mir Brant ein Zettelchen mit seiner Panik-Klaue unter die Tür, auf dem stand: Bin entschlossen, die Chemotherapie abzubrechen und hier zu sterben. Gruß: Brant.
Verschob einen spontanen Besuch (spontane Handlungen sind niemals und unter keinen Umständen gut oder auch nur zu billigen und billigend in Kauf zu nehmen, und wer spontane Handlungen unternimmt oder damit infiziert, sollte nicht unter vierzig Jahren Kerker bestraft werden) und dachte weiter nach, während der Vin Rouge de Table, in der Tat sehr schlicht, in meinem Blut rumorte und, na, eben das übliche tat, was man von Wein erwartet.
Es mußte eine Liste über die sog. patentierten Katastrophen oder Desaster angefertigt werden. Das sind unter Kennern jene Kalamitäten, die sich so elegant wie zwangsläufig aus einer trüben Disposition oder Konstellation ergeben, obwohl ergeben für diese Spezies von Fällen nicht der korrekte Ausdruck ist.
(Natürlich – eine Liste, ein Glossarium der angemessenen Ausdrücke!)
Ich trank den Wein aus, 3. Flasche, rülpste ein paarmal energisch, öffnete das Fenster (Blick Dodognetal, siehe Postkarte an Anna M.), legte mich nackt ins Bett, nahm die Embryohaltung ein, in der man am besten gegen nächtlichen Schaden geschützt ist und schlief vierzehn Stunden.

11

Während der Reise nach Frankreich sprach mein Begleiter Brant nur ein einziges Mal, und das war kurz nach Tours; aber da zahlte er mir sein Schweigen wahrlich heim, mindestens bis Mimizan (Plage).
Wäre das Schweigen Brants einzige Macke gewesen, die Reise wäre auch ohne sog. Kommunikation ein Vergnügen gewesen.
Brant erwartete unausgesetzt Unterhaltung, Zerstreuung, Ablenkung von seinem Leiden, wie er auf Zettel No. 14 schrieb, kurz vor Cambrai.
Oh, mein Reisecompagnon hatte sich vorzüglich präpariert, was seine Unterhaltung betraf, und mindestens 200 Zettel angefertigt, muß aber mit der Numerierung etwas falsch gemacht haben, weil er die Anweisungen, Vorschläge, Befehle und Bitten seiner kleinen Zettel unaufhörlich durch Gebärden korrigieren mußte.
Dabei saß der Kranke majestätisch im Fond des kleinen, kobaltblauen Fiats und jedesmal, wenn ich schneller als 70 fuhr, schlug er mich mit einem gelblich gefärbten Glacéhandschuh auf die rechte Schulter, daß es nur so knallte.
Meine Nerven waren schwach. Ich zuckte jedesmal zusammen und fuhr beinahe in den Graben.

Von Rouen bis Tours nahmen wir eine zottelige, aber sehr niedliche Streunerin mit, die ich nach hinten, zu Brant, verfrachtete. Sie sah verhungert aus und zeigte ihre braunen, zerkratzten Beine bis zum Slip.
Brant schien beunruhigt, denn er rückte nahe ans Fenster und rollte nur ab und zu ein blutunterlaufenes, gelb gefärbtes (sozusagen ungesundes) Auge auf die Schenkel der Kleinen, die übrigens Paulette hieß.
Aber jetzt wird die Reisechose verwickelt und Verwicklungen bei meiner stillen Retrospektion bin ich, in meinem Zustand, noch nicht gewachsen.
Immerhin gibt es jetzt schon ein gewisses Gefühl einer Ordnung.

Die vier Stapel von Blättern sehen verläßlich aus. Um der Anfechtung zu entgehen, verurteilte ich mich zu der Lektüre von Lützenpaffs Beurteilung des Geflügels. Nach der Seite 47, über der Tabelle mit dem Thema Legeleistung der Mutter, schlief ich wohl ein.

12

Zettel 18 verriet unfreiwillig Brants heimliches Leiden, über das er nicht mehr sprechen konnte oder wollte. Auf dem Zettel stand der Satz Nieder mit der Onkologie. Kraft dieser Information und Brants Sprechunfähigkeit schloß ich, daß er Kehlkopfkrebs habe, und das ist ja für einen Schriftsteller, der öffentlich liest und aus Eitelkeit, wie ich weiß, auch gern liest, natürlich mehr als mißlich.

Aber dieser Zettel, den er mir aus Zufall überlassen hatte – wie ich später erfuhr, wollte er Zettel No. 29 überreichen, auf dem er den Wunsch nach einer eiskalten Flasche Tourraine äußerte –, erklärte mir vieles, und im Lichte dieses Zettels, sozusagen, entschuldigte ich nachträglich auch viele seiner sonderbaren Handlungen. Ich mußte ein krankes Schäfchen hüten, ein monströses und hysterisches Schäfchen; und Schafehüten ist, wie Cunnilingus, dunkle einsame Arbeit; aber irgendwer muß sie verrichten, wie Heller einmal richtig sagt. Und ich verrichtete sie, bis zur Selbstaufgabe und einem nervösen Lidzucken.

13

Am Morgen nach diesen Aufzeichnungen, ein sanfter Donnerstag, schrieb ich nach dem Zähneputzen eine Notiz für Brant, die da lautete:
Finde Entschluß ganz ausgezeichnet.
Eine palliative Behandlung ist in jedem Fall besser. Wir sollten uns beim Frühstück darüber unterhalten und dann einen Spaziergang unternehmen.
Ich hoffe, sie sind nicht mehr vollständig aphon.
Der Ihre: Kelp.
Diesen Zettel schob ich unter seine Tür und kehrte in mein Zimmer zurück, um zu meditieren. Meditieren ist nicht leicht, wenn man über alles mögliche zwanghaft und manisch nachdenken muß. Ich konnte mich ja nicht jeden Tag vollaufen lassen, um diese wünschenswerte, gleichgültige Trance zu erreichen.
Noch ein Problem.

14

Das Opfer der Vennschen Universaltherapie saß schon in der dunkelsten Ecke des ohnehin dunklen Saales, eingehüllt in seinen Pelzmantel (er fror immer) und um den lädierten Hals einen seidenen Schal in einem Violett, das mich an Leichenflecke erinnerte.

Mein dünnes Schäfchen schlürfte aus einem Strohhalm eine Bouillon.

Wie geht's der Permanenten Reflexion, fragte ich heiter zur Begrüßung.

Das war ein stehender Scherz, denn Brant hatte einmal (in einem seiner lebenshilfekundlichen Wälzer) behauptet, das positive Lebensgefühl werde allein gespeist durch die Permanente Reflexion.

Statt einer Antwort schob mir Brant einen Zettel zu, auf dem mit Maschine geschrieben stand:

Je mehr der sinnliche Schmerz nachläßt, desto mehr wächst die geistige Trauer, desto höher steigt eine Art von ruhiger Verzweiflung. Die Welt wird immer fremder. Novalis, Tagebuch.

Wie wahr, wie wahr, sagte ich und zündete eine Zigarette an, damit Brant ein bißchen aktiver werden konnte. Prompt kam Zettel No. 10: Unterlassen Sie sofort das Rauchen.

Avec plaisir, sagte ich höflich.

Bis zum Aufbruch schweigsam. Brant kaute vorschriftsmäßig sechsundfünfzig Mal seine Bissen, bevor er mit moroser Miene schluckte; hielt dabei seinen Kehlkopf fest.

15

Ich überließ Brant den trüben Resten seines Frühstücks – ein kopfloses Ei, eine leere Bouillontasse mit einem Strohhalm – und begab mich in mein Zimmer. Es war 10 h morgens und ich hatte die Wahl, einen Spaziergang zu machen, meine Blätter zu ordnen, indem ich sie beschrieb, oder Queron zu lesen. Meine Bequemlichkeit siegte natürlich und ich las am Schreibtisch den liebenswürdigen Lamento-Queron, der für seine Unglücke einen glücklichen Tonfall gefunden hatte, penibel, eindringlich, poetisch und buchhalterisch.

Und wie er mit seinem höchst privaten Gott abrechnete, der auch ein schrecklicher Gott der statistischen Wahrscheinlichkeit war, dem aber die Geschicke des armen Queron gänzlich mißrieten, war wunderbar zu lesen und beruhigte mich immer wieder.

Zu Queron hatte ich vor vier Jahren, lange vor der Phase V., notiert:

Queron hatte keinen Charakter, keine Weltanschauung und keine sogenannte Gesinnung – aber er will die Welt auf eine ganz bestimmte, queronspezifische Weise, die seinem Bedürfnis nach Harmonie und Ordnung entgegenkommt – und auf alles, was seine Pläne durchkreuzt, reagiert er sauertöpfisch bis misanthropisch; leider erfährt man nichts über den Grund seiner Emigration nach England, nichts über seine Tätigkeit und nichts über seine ökonomischen Fatalitäten, außer, natürlich, wenn er lamentiert.

Diese eine Stelle ist und war für mich das reine Quietiv:

December im Jahre des Herrn 1779, ging auf die Weide um Gott mit aller Kraft zu vergeben und zu danken gleichzeitig für die vorzeitige Geburt von Athene, meiner neunten Tochter in elf schweren Jahren, die reich waren, o Herr, an Niederlagen. War die erste Tochter, Admete, ein wohlgestaltetes Geschöpf, so hatte schon Agleia, die zweite, einen veritablen Wolfsrachen; dafür schenktest du ihr himmelblaue Augen, blau wie das Service von Swifferton, aber, Herr, was soll ein solches Geschöpfchen mit derlei Augen? Gottlob ist sie eine Partie, sollte dein schlechtes

Wetter und deine übellaunigen Gewitter nicht wieder die allgemeine Lage verschlechtern. (An dieser Stelle lamentiert Queron noch eine Weile und hadert vor allem mit Gottes blöder Unberechenbarkeit und fährt dann endlich an einer anderen Stelle seines großen Themas fort:) Francine, meine Frau, ist wieder guter Hoffnung. Guter Hoffnung, worauf nicht gar! Töchter, immer Töchter. Natürlich sind sie liebreizend, alle neun, selbst Agleia enträt dieses Liebreizes nicht, schaut man in ihre porzellanblauen Augen, in denen ein Widerschein deiner Unberechenbarkeit schlummert; verzeih mir.

Mein Nachbar Shackles zeugt seit Jahren nur Knaben und so zwergenhaft und fragil die Natur Shackle ausgestattet hat, so ungeschlacht und schwärzlich sind seine Knabenkinder.

Was für ein Prinzip waltet dort?

Wieder auf der Weide, die schwarz-weiß gefleckte Kuh besucht, um bei ihrem Anblick Trost zu schöpfen. Was diese Kuh mir nicht schon Kummer und Desaster gemacht hat. Zeigt doch ihr schwermütig-dunkler Blick, daß sie wieder leidet; es wäre dies die Repetition der vierten Euterentzündung in diesem Jahr.

Während der Schwangerschaften Francines darf ich den tragenden Leib nicht berühren, während die Begierde stark ist, aber nicht so stark wie nach dem Ausstoß der Töchter.

Muß mit Loomis über die Zirbeldrüse sprechen.

16

Brant ist wieder bei Stimme, das heißt, er kann sprechen, natürlich nicht sehr laut, nicht gänzlich störungsfrei (mitunter pfeift er einen Sinuston), aber durchaus moduliert und verständlich. Diese wiedergeschenkte Freiheit der Aktionsart nützte er weidlich aus.
Seine Rede auf dem Spaziergang durch die übervölkerte kleine Stadt (Markttag) war durch seine flüssige Diät ein bißchen verworren, denn er hatte die sog. feste Nahrung ersetzt durch Rotwein, mit zwei Dottern verquirlt.
Vor dem Stand mit den Meerestieren, auch Fruits de Mère genannt, alle schon halbtot, blieb Brant stehen und kreuzte seinen Blick mit den Augen einer Languste, die ratlos ihre Scheren bewegte, rastlos und gleichförmig.
Viel zu symbolisch, sagte Brant und ging weiter. Von der Marktebene führte eine Doppeltreppe zu einem kleinen Platz mit Balustrade und Café mit einem Blick auf die Vézère.
Ich bestellte Pastis, der Kranke blieb bei seiner Diät. Unterbrechen Sie mich nicht, sagte er in einer Lautstärke, die nicht anstrengend für ihn war, sollte ich einen Anfall mit Würgen haben, nicht beachten, nur ein Reflex. Werde Satzform auf Skelett reduzieren. Dient der Geschwindigkeit auf Kosten der Verständlichkeit. Egal – . Bei diesem Stil Substantivierungen unausweichlich.
Aber achten Sie nicht auf den Stil, achten Sie auf Inhalt, Bedeutung, Substanz, sagte der Kranke und nahm einen Schluck aus der Thermosflasche. Sie erinnern sich an meinen Sprechanfall zwischen Tours mit Mimi sans plage – ?
Mimizan Plage, sagte ich.
Und ob ich mich erinnerte. Brant hatte sein komplettes Krankheitstableau ausgebreitet, eine Art Rache-Dossier, und wollte die BRD verklagen, die Chemiekonzerne, Kraftwerkbetreiber und die Lebensmittelkonzerne – denn, wie er richtig sagte, alles ist karzinogen und wird anonym verabreicht.
Es gibt eine Ursache, sagte Brant und es gibt eine Wirkung, die Wirkung ist schon da, also muß man Ursachenforschung betreiben.

17

Brant, Alfons Robert Brant, war der Verfasser massenhaft vieler und massenhaft gleichförmiger Bücher für ein Publikum mit einem prononcierten Sinndefizit. Die Titel waren einander alle etwas ähnlich und ein paar lauteten (wir wollen nicht alle aufzählen, Brants Produktivität im Sinnstiften war gigantisch):
Selbstbewußt – aber wie?
Hoffnung und das endliche Leben (ein Titel, den ich immer ein wenig zweideutig fand).
Lebenskunst und Selbsthilfe.
Das Ich und der Eros.
Mach mehr aus deinem Leben!
Selbsterfahrung.
Ja! mit allen Sinnen.
Das Ich und die Erfahrung des Positiven.
Und als letztes, was wir gewiß nicht hoffen wollen –
Der Rhythmus der Inneren Harmonie.
Dann gab es noch ein paar Spezialpublikationen, als Flankenschutz gewissermaßen, über das Innere Auge, das sich bei Brant (siehe Bericht über seinen Sprechanfall zwischen Tours und Mimizan Plage) sehr früh entwickelt hatte, über das Spirituelle Wachstum, das mentale Training und endlich die Bewältigung von Streß.
Zudem hielt Brant zuerst in Deutschland, dann in Frankreich, niemals in England, später in Amerika Vorträge zu all den fesselnden oder brennenden, je nachdem, Themen und Variationen.
Übersetzungen in großer Zahl erschienen, blendend übertragen für die bedürftige fremdsprachige Klientel.
In Amerika reiste er mit einer reizenden Sekretärin namens Aurel Dencker von der Ostküste bis zur Westküste in einem goldkäferfarbenen Chevrolet Impala und hielt in kleineren und auch größeren Metropolen Vorträge über die Seele, die Harmonie, das Ich etc. in seinem wohlgerundeten Englisch und mit seiner vokalreichen, leicht sämigen Stimme.

Katastrophen fangen so sanft an, wenn man nicht auf sie gefaßt ist oder wenn einem die neunmal geschärften Sinne für die Nuancen künftiger, in diesem Fall mehr als potentieller Desaster abgehen. Aber Brants Katastrophensinn war wegen seiner dummen Doktrin von den durch Willen herstellbaren Inneren Harmonien derart verblendet oder eingeschläfert, daß er keine Zeichen kapierte.

Außerdem ging es ihm vorzüglich – alle Organisationen mit allen möglichen Behinderten rannten sich die Hacken ab, nur um Brants Organ zu hören.

Nach seinem Vortrag (in der Nähe von Boston) vor der Internationalen Liga der jung Ertaubten und Schwerhörigen wäre er beinahe erdrückt worden. Kriegsblinde Veteranen hingen mit Tränen an Brants Lippen und lauschten dem süßen, einschläfernden Gift – und ich nehme an, daß es eine Sekunde nach dem rhetorischen Ende eines Vortrags, wenn das Denken durch die magische Suada wirklich ausgesetzt hatte, so etwas wie einen Mangel an Sinn gegeben haben muß, ähnlich einem vorübergehenden Sauerstoffmangel. Brant war einfach glücklich, weil Leben, Sexus-Plexus mit Aurel und einer falschen Blondine, und die Kunst der gesunden Geschäftsidee prachtvoll zusammenfiel, um diesen ambivalenten Ausdruck einmal positiv zu benutzen.

Ja, und dann kam noch eines hinzu, das die alte Fortuna immer fetter machte – Brant fühlte sich ›schöpferisch‹, wenn er auf kleinen gelben Karteikarten seine wenigen Elemente zu vollständigen Sätzen abrief, um sie einer gehorsamen Aurel in die kleine Ohrmuschel mit dem Perlenclip zu sprechen.

Vielleicht diktierte er vor Baltimore seine letzten Eingebungen für den Vortrag, den er schon neunmal gehalten hatte, und der Text hieße dann ungefähr (diktiert mit vielen Interjektionen und Küssen auf die Schläfen): Wenn wir aber von innen heraus unsere Denkweise entschieden umwandeln, stellt sich der Erfolg positiver Gedanken überraschend leicht ein. Selbst wenn wir öhemm neue geistige Grundsätze im Anfang noch ö unbeholfen und unvollständig, zweimal ›und‹ ist schlecht, wo waren wir, dann, nein, so wird dadurch in unserem Gemüt, nein, schreiben sie statt des-

sen ›in unserem psychischen System‹ eine geistige, nein mentale Kraft frei, die sich je nach der Kraft unserer neuen Denkweise zu, äh, entfalten beginnt, ja beginnt, Ende.
Und dann trat der glückliche Brant voll innerer Harmonie hinter Aurel, umfaßte von hinten ihre hübschen Titten und überlas mit ihr, Wange an Wange, noch einmal diesen wunderbaren Satz.
In Baltimore erwischte ihn nach einer Veranstaltung ein gewöhnlicher, aber tückischer Virus und seine geschulte Stimme, Bariton, war etwas belegt, als er den nächsten Vortrag hielt, über die Dynamische Denkweise des Positiven, getreulich behütet von seiner Aurel, die darauf achtete, daß er immer seinen schneeweißen Angoraschal trug; sie sah ihre Felle abwärts schwimmen.
In Augusta, auf der Route über Maine nach Plum Island, Brant hatte die Hoffnung, in der Seeluft wären seine Schleimhäute weniger gereizt, war er völlig aphon und der Vortrag (Wie man persönliche Probleme erfolgreich löst) mußte abgesagt werden.
In Virginia stellte ihm ein gütiger, einäugiger, weißhaariger Doktor eine vorsichtige und vorläufige Diagnose, Brant zog sich in ein Motel zurück, natürlich mit Aurel, wohl um in Ruhe und Harmonie dynamisch über den Sinn der Virusinfektion nachzudenken; das Gepäck der beiden wurde in einer Regennacht gestohlen, und der stumme Brant hatte eine schlimme Nacht mit Aurel, weil sämtliche Ersatzkosmetika weg waren und ein noch größeres Unglück, ihre teure Garderobe von Krizia und Kenzo und wie die Brüder alle hießen. Aurel bekam hysterische Anfälle, die Brant nicht mehr mit seinem sonoren Organ beruhigen konnte, so daß er auf Gebärden und Gesten angewiesen war, für einen erfolgreichen Redner ein entsetzliches und armseliges Surrogat.
Auf dem Weg nach New York, das sie nicht erreichen sollten, überfuhren sie mit dem Hertz-Leihwagen ein Reh, das jämmerlich kreischte, bevor es starb, jedenfalls war dieser Teil der Reise im goldenen Chevrolet via New York durchaus unerfreulich.
Die Zeichen für eine trübe Entwicklung hatten sich massiert gesammelt, aber unser Brant war immer noch arglos und vertraute seinem immer fluiden Genie; und das war sein Fehler.

18

Die Frage ist, sagte Brant über seiner Thermosflasche, Kinn auf der Handfläche, wann, wie und warum wodurch auf welche Weise ausgelöst.
Immer ein mäßiger Raucher, nicht mehr als 20 Zigaretten. Keine Exzesse im Bett, immer nur pottnormal, häufig Missionarsstellung, selten und nur bei emanzipierten Damen, die alles in die Hand nahmen, à la Andromache. Oralen Sex verabscheue ich, machen noch nicht einmal die Tiere. D. h. ich habe einmal zwei Schimpansen im Zoo von Basel dabei beobachtet, wie sie – ich komme vom Thema ab, pardon. Also: keine Exzesse.
Bei Alkohol mäßig, immer gute französische Weine. Die Italiener erzeugen keine großen Weine und die Deutschen, naja. Thema beachten.
Über die heilige Luft sickern viele toxische Dosen ein – Schwefeldioxid, Kohlendioxid, die unerläßlichen Stickoxide und das bewährte Kohlenmonoxid. Das könnten die Auslöser gewesen sein.
Oder aber es liegt an den Nahrungsmitteln. Früher hat man ja arglos alles zu sich genommen, Aurel fraß sogar Hamburger mit Ketchup und die Pommes frites mit Mayonnaise, eine widerliche Angewohnheit, nach der sie sich immer die Zähne putzen mußte. Aber damit hatte sie dann massenhaft Nitrosamine intus. Ach, wie gern habe ich früher Steak gegessen, Gott, leider auch gegrillte Steaks auf Gardenparties in Virginia oder an der Küste.
Nichts als Benzpyrene in hoher Dosierung. Aber welches Steak in welchem Jahr war es und welches Toxin in welchem Steak unter welchen Bedingungen hat das eine Molekül verschoben?
War es das Steak in London 1981 in der Oxford-Street mit englischen Dibenzfuranen, Nitraten, Phosphaten, Betablockern, Psychopharmaka und Antibiotika?
Ach ja, Zähneputzen, wie gern putzte sich meine liebliche Gefährtin ihre süßen Zähne und verleibte sich dadurch Formaldehyd ein.

Und wie oft haben wir telephoniert und erhitzt in die Muschel gesprochen, der heiligen Liebe heilige Wörter, und dann der Transfer der toxischen Partikelchen durch die Restmonomere im Plastik des magischen Telephonknochens, den wir immer so brav und arglos apportierten?

19

Brant rülpste dezent. Die Mixtur Rotwein, Ei und Traubenzukker fing an zu wirken.
Mir war das recht. Brants Desaster war ein bißchen zu intensiv und sein Darstellungsmodus ließ zu wünschen übrig.
Aurel kommt oder sie kommt nicht, sagte Brant plötzlich und sah mich direkt an. Sein Kinn hatte sein Fleisch verloren, ja er hatte, wie die berühmten degenerierten Monster mit zuviel Fell, die Shar-Peis, zuviel alte und überflüssige Haut, darunter war das Fleisch geschmolzen, wie der Barde sagt.
Zwischen seinen Wangensäcken und über seinen Tränensäcken sah mich Brant bedrückt an.
Aurel gehört zum Programm, sagte er, ich will so leben, als sei nichts geschehen. Aurel kommt in 10 Tagen. In diesen 10 Tagen will ich mich stählen und stylen lassen, Friseur, Massage, Energiespritzen in den Arsch, Potenzmittel, wenn es an diesem entlegenen Ort welche gibt, und alles soll enden in sanfter Harmonie, wie ich es mein Lebtag gelebt und gepredigt habe. Alles andere wäre der nackte Selbstverrat.
Ich lobte seinen Plan und sagte, ich wolle ihm beistehen mit allen meinen zerrütteten Kräften.
Der Ausdruck ›zerrüttet‹ schien ihn zu beleben.
Wäre die amerikanische Reise nur glücklicher verlaufen, sagte Brant melancholisch, so hätten wir nicht beinahe fluchtartig dieses schöne Land verlassen müssen. Aber reisen Sie einmal durch die USA mit einem psychisch bedingten Generalekel vor Essen, menschlicher Nahrung, american food, o Gott.
Der Besitzer des Restaurants neben uns stellte winzige kleine Tische mit winzigen hochlehnigen Stühlen auf. Wir setzten unsere Sonnenbrillen auf, weil das Weiß der Tischdecken uns blendete.
Die Eßkultur der Franzosen, sagte Brant, ist ganz erstaunlich; sie sind imstande, Schenkel an Schenkel an diesen Zwergentischen zu sitzen, acht Gänge mit viel Brot dazwischen reinzuwürgen, während sie sich schamlos ansehen und schlucken, schmatzen und rülpsen.

Ich riet ihm, sich eine Dünenlandschaft vorzustellen, eine sanfte Brandung, grüne und weiße Schaumkronen, und die Elemente seiner Lehre von der inneren Harmonie systematisch einfließen zu lassen, Harmonie, Gelassenheit, Frieden, positive Impulse.
Ich scheiß auf die positiven Impulse, schrie Brant, bevor ich ihn mit einem neuen Pastis dämpfen konnte, ja, ich scheiß auf sie. Ich habe keine positiven Impulse, ganz und gar nicht mehr, vielleicht habe ich auch nie positive Impulse gehabt, was ist das alles für eine beschissene Niederlage.
(An dieser Stelle benutzte er, glaube ich, das erste Mal diesen grundsätzlichen Ausdruck.)
Plötzlich, am hellichten Tag, auf einem öffentlichen Platz, mitten in der Sonne, fing Brant an zu flennen und sagte schluchzend, es sei ein Giftmord, angezettelt von der profitgeilen Industrie, und er werde sie alle verklagen, die Autos und die Abgase, die Lebensmittel – und dann fand er endlich die richtigen Gegner – die Autoindustrie und die Chemiekonzerne, Kraftwerksbetreiber und Nahrungsmittelkonzerne, einfach alle.
Ich hatte Mitleid, aber Mitleid ist ein grundfalsches Gefühl, also stürzte ich einen Pastis und sagte, er müsse sich sofort, nach einem Mittagsschläfchen, an einen Lebensprojektplan machen, schriftlich und systematisch, mit Tusche und Feder, Buntstift und diagrammatischer Darstellung. Wie eine Fieberkurve, sagte ich immer wieder besoffen.
Hätte es denn Präventivmaßnahmen gegeben, sagte Brant zu seiner Thermosflasche, die alle Fehlschläge vermieden hätten? Haben wir denn unvorsichtig gelebt?
Ein dicker, überaus behaarter Mann mit Glatze setzte sich genau vor uns an einen der Zwergentische und bestellte sich einen Haufen Gras de Foie, das sofort mit einer Flasche Chateau Margaux serviert wurde. Der Mann war ein sehr systematischer Esser – eine Gabel Gras de Foie, ein Stück Weißbrot in der linken, uns zugewandte Backentasche und eine Spülung alle zwei Minuten mit einem Schluck vom Chateau Margaux. Mir wird schlecht, glaube ich, sagte Brant zu niemand direkt.

20

Der Weg ins Hotel war ein rechter Debakelkurs und ein schönes Beispiel für eine selbst induzierte, eigenhändig und wissentlich präparierte Klein-Katastrophe.
Brant, wie konnte es anders sein, vertrug seine spezielle Rotweindiät nicht und laborierte an kleinen Würgeanfällen, die er aber mannhaft unterdrückte, um die marode Kehle zu schonen. Wir schwankten. Ich wurde wie von einem heißen Schraubstock umklammert.
Die Luft mit allen möglichen Ausdünstungen war unbeweglich. Für derlei Unternehmen braucht man einen Stock, dachte ich immer wieder, einen fetten, schwarzen Stock mit einer Gummi- oder Kautschukspitze; der Griff war mir bei diesen automatischen Lieferungen egal. Wir schwankten nach links und wir schaukelten wieder nach rechts.
Ich glaube, ich murmelte immer wieder Vorsicht, Brant, Vorsicht. Im Schaufenster einer Boucherie lag ein Schweinekopf mit geschlossenen Augen. Die Zunge hing heraus und berührte einen Kranz obszöner kleiner Würstchen.
O nein, sagte Brant nach einem Blick auf den Schweinekopf, und aus seiner Kehle klang eine Mischung aus dem mißglückten Würgen und einem mitleidigen Stöhnen.
Weiter im Text, was diese Passage zum Hotel betrifft. Es war nicht nur heiß, sondern auch grell. Das Chrom der Autos schleuderte schwarze Blitze, die Glassegmente blendeten, auch mir war sterbenselend.
Die Auslagen der Papeterie verschaffte uns eine gewisse Linderung durch den Anblick der Ordnung – eine Armee von Bleistiften in einem blauen Karton, verschiedene Zeichenblöcke in allen Farben des Spektrums und wohlgeordnete Stapel von Briefpapier in allen Formaten.
Man muß fürderhin Briefe schreiben, sagte an dieser Stelle Brant mit überraschender Klarheit.
(Wie recht er hatte – als hätte er gewußt, daß er eines Tages gänzlich würde verstummen müssen, immer angewiesen auf Bil-

letts, Handschriftliches – in seinem Fall ein besonders schmerzliches Surrogat.)

Kurz vor dem katastrophalen Ende (kurz vor dem Hotel) erreichten wir, was heißt erreichen, das klänge ja nach einem Ziel, nein, tangierten wir durch Zufall, in dem Fall rechts, die Hausmauer, und in der befand sich der Eingang zu einem kleinen Sex-Kino namens Aphrodite. Brant umklammerte meine Hüfte und trat mit seinem linken auf meinen rechten Fuß, um mich zu justieren. In dem kleinen, violett gefütterten Schaufenster lag eine kleine Peitsche mit einem Messingknauf, die einen arglosen Eindruck machte.

Neben dem Peitschenknauf hatte der Besitzer folgende Utensilien der menschlichen Erotik arrangiert: eine Schachtel Kondome in einem scheußlichen gelben Ton, ein zerfasertes Strumpfband, schwarz, und, auf einer Extraunterlage aus grünem Tüll, einen großen, fleischfarbenen Godmiché mit zwei knallroten Gummibällchen, in die man Milch oder andere hilfreiche Flüssigkeiten füllen konnte.

Der künstliche Penis war voller Fliegenscheiße und in der einstmals schwellenden Glans war ein Riß, der an ein Geschwür erinnerte.

Auch das noch, sagte Brant und erschauerte. Auf der Straße war kein Mensch zu sehen und das sollte gut sein, so schien es mir für mein Schamgefühl. Aber wenigstens ein Bettler hätte im Schatten eines Hausflurs sitzen können, aber die sind ja nie da, wenn man sie wirklich einmal braucht.

Fünfzehn Meter vor dem Hotel verlor Brant die Balance, griff sich ans Herz, wobei er mich losließ, und stürzte zuerst auf die Knie, legte ziemlich schnell eine Handfläche auf den heißen Asphalt und wälzte sich mit einem finalen Seufzen endgültig auf die Seite, den Schädel dicht an einem großen, umbrafarbenen Kothaufen.

Eines muß gesagt werden – genau diese Situation hatte ich mir ausgemalt, d. h. vorgestellt als die jeweils schlimmste Wendung, die dieser unser Spaziergang gegenüber allen anderen Verlaufsformen hatte nehmen müssen.

Außerdem waren wir traumwandlerisch sicher auf diesen Scheißhaufen zugesteuert, als sei er das einzige Objekt auf der Straße, das man nicht hätte umgehen können. Da lag nun Brant, bestimmt viel zu schwer, um ihn ins Hotel zu transportieren ohne fremde Hilfe, und ich saß an der Mauer, betrachtete den Haufen Scheiße und die grünen, schillernden, begeisterten Fliegen direkt neben Brants Schädel und dachte nur immer wieder, was ich in solchen Situationen dachte: Wie ist das bloß alles wieder passiert.

21

Ein paar Sätze aus dem Katastrophen-Kosmos sollte man auch in sog. harmlosen Situationen unter allen Umständen berücksichtigen; die Maßnahme gehörte dann auch zum Prinzip des Neuen Vorsichtigen Lebens.

Meine Qualitäten bestanden immer aus den Elementen, die das Über-Leben oder die Lebenspraxis enorm schwierig machten. Am meisten zu loben von Kindheit an war meine extreme Anpassungsfähigkeit, die wieder eine Folge meines maßlosen Harmoniebedürfnisses war, und das wieder war eine direkte Folge meiner Lebensangst, die wiederum eine indirekte Folge meiner unerhörten Sensibilität war usw.

Sollte das Leben als eine nachgeordnete Erfindung ein Ausdruck unserer heimlichen Wünsche sein, so blieb zu wünschen viel übrig.

Meine Wünsche (immer noch, heute, an diesem sonnigen Tag in Le B., Frankreich, Perigord), was Frauen betraf, oder das Leben mit Frauen, waren immer bestimmt von meinem Harmoniebedürfnis; Bedürfnis ist ein gar zu pejorativer Ausdruck für diese Sucht, diesen Wahn und dieses Kreuz.

Aber ich war bei den beherzigenswerten Sentenzen. So sagt Wollheim, zu Recht, wie ich annehme, die subjektive Wahrscheinlichkeit sei diejenige, die ein Beobachter dem (aber welchem? einem beliebigen?) Eintritt eines Ereignisses zuschreibt. Wie wahr; auch den Ausdruck ein Tritt finde ich ausgezeichnet gewählt.

Betrachtete man Wahrscheinlichkeit als ein quantitatives Maß der Möglichkeit, war wieder alles einfach, weil alles möglich war, unabhängig leider von Wollheims Satz, so verläßlich dieser auch formuliert war. Dann gab die ›Wahrscheinlichkeit eines Ereignisses‹ den Grad der Möglichkeit an, mit dem dieses Ereignis zur Wirklichkeit werden kann.

Es wurden, insgesamt, allzu viele Ereignisse zur Wirklichkeit und das lag wieder, wie Wollheim unerschütterlich sagt, an der Rolle und Funktion des Zufalls, dem er einen objektiven Charakter zuschreibt und (gottlob, ihr Brüder und Schwestern im Unglück) Unabhängigkeit vom Willen und vom Bewußtsein des Menschen. Diese Erkenntnis hat mich gerade bei unseren seriellen Desastern immer wieder beruhigt und mit großer Zufriedenheit erfüllt.

22

Man muß systematischer arbeiten und in diesem stillen Hotel-Refugium wirklich einmal die totale Lexifikation einleiten, um retrospektiv Herr des Gesamtdesasters zu werden mit allen tausend monokausalen Partikeln.
Ist ein Debakelkurs (s. Brants kleine Straßenszene) schon überschaubar, ist jede Chance für eine Korrektur vertan. Das ist ein Gesetz, das ist Kelps Gesetz. Ich hatte alles kommen sehen, hatte mich aber wieder aus Schwäche oder Blödheit, wie immer, der Situation angepaßt – der todkranke Brant, Tonisierung durch Saufen, berechenbarer Absturz.
Ich mußte ähnliche Fälle notieren, ich werde alle Fälle je unter einem Stichwort rubrizieren, beschreiben und sodann klassifizieren, obwohl eine andere Reihenfolge wahrscheinlich besser wäre; aber das weiß man erst vollständig, wenn der Versuch überschaubar ist, denn in dem Augenblick läßt er sich noch, jedenfalls schriftlich, korrigieren – aber das heißt auch, daß er sich nur begrenzt kalkulieren läßt, weil die Korrektur dem natürlichen Verlauf zuwiderläuft.

23

Von Brant kam am Nachmittag des nächsten Tages ein Billett.
Lieber Kelp, schrieb der Kranke, ich bin krank – (das war ja ganz natürlich nach der Gesundheitsdiät) und liege zu Bett, kann aber schreiben, bin aber wieder vollkommen aphon.
(Der Ausdruck vollkommen aphon hatte einen gewissen Glanz.)
Nun kann ich, gleichermaßen anonym (ich muß Sie nicht sehen) diese ganz schreckliche Geschichte zu Ende erzählen, die so heiter und glückhaft mit meiner Aurel bei der Amerikanischen Tournée begann – Sie erinnern sich der unerfreulichen Reise nach New York, nach dem Diebstahl unseres Gepäcks in einem Motel des ansonsten bezaubernden Virginia?

Lektüre Queron:
Ab 1780 faßt unser tapferer Queron seine Einzel- und Seriendesaster nur noch in unalphabetischer lexifikatorischer Manier –

GESUNDHEIT
Gott, ich verzeih dir nie, daß du mich hast bestraft mit exemplarischer Gesundheit und diesem bestimmten Blick, du kennst ihn, o Herr, zu sehen alles Unheil, das abzuwenden mir das Schicksal unmöglich macht. Aber ist dies Schicksal.
(Queron lamentiert in seinem Diary Lex. eine Weile diverse Schicksalsschläge – die Kuh Miranda hat wieder eine Euterentzündung, das neue Kind ist da, noch namenlos, aber kräftig; ein neuer Anfall überkommt Queron und der sanfte Mann notzüchtigt auf dem Heuboden in seiner Kurzsichtigkeit eine siebzigjährige Magd; seine Alte läßt ihn nicht drüber, usw., ganz pottnormale Mißlichkeiten; aber dann verläßt er die entlastende Sphäre der sogenannten Schicksalsschläge und sagt):

DESASTER, EIGENES
O Herr, sollte es Schicksal nur geben als ein Artefaktum, gemodelt nach der eigenen Natur, der zustößt, was ihr zustoßen muß nach allen dem Artefaktum innewohnenden Regeln und mechanischen Gesetzen.
Dieser Gedanke erschreckt mich, hätte ich doch dann willentlich gleichermaßen nicht nur Anteil an den verheerenden Schlägen der tückischen Tyche, sondern wäre wesentlich beteiligt als ein Machender . . .

BABY
Das Kind ist ein Knabe, wohlgestaltet am Leibe. Hat gebissen die Amme bis aufs Blut, so daß die Milch versiegte. Dachte aber nach über PROBABILITY und dasjenige, was wir fälschlich Gottes unerforschliche Wege nennen.

FATALITÄTEN
In der Luft liegt ein Geruch nach verwester Leber, kann nichts anderes riechen. Im westlichen Trakt zeigen sich Heerscharen von Mäusen, die den Gobelin (die Bastille im Abendrot des 1. Brumaire) angenagt haben ohne Scham. Meine Frau leidet an Blutungen und nicht einmal Versuche einer Kopulation finden statt.
Agleia hat sich in einen jungen Pfarrer verliebt, der lispelt, unter einer schweren Prognathie leidet, dazu Mundgeruch und Schweißfüßen; o Herr, natürlich wird dieser vortreffliche Mann auch seine Qualitäten haben, allein welche? Sein Kirchsprengel ist das armseligste der Grafschaft.
Sollte Lüsternheit im Spiele sein, in diesem Fall leider kein lusus naturae, so ist dies ein neuerlicher Schlag gegen meine Natur und meine Erzeugung der Desaster. Liebte sie doch schon als Kind mit großer Sinnlichkeit alle Krüppel, die Kranken und die Aussätzigen und faßte sie gern an, wenn eine Stelle des maroden Leibes physische Dynamik zeigte.

FRUCHT
Der kleine Jean ist gefräßig, gewalttätig und wohl auch tückisch. Besuchte ihn zur Mittagszeit. Lag in seiner Wiege unter vielen Musselinvorhängen gegen die Mücken und ich beugte mich über ihn. Er roch nach Kot und saurer Milch, in seinen Mundwinkeln platzten unaufhörlich Milchbläschen und aus seiner Kehle drang ein Gurgeln. Seine Augen sind wasserhell, wie ich sie noch nie sah, mit einer winzig kleinen Pupille. Fixierte mich, verzerrte sich sodann und näßte seine Windeln.
Sein Blick war klar und kalt und ich hielt ihn nicht aus. Spuckte mich an und benetzte mich mit seinem Speichel. Muß mit Loomis über die Zirbeldrüse reden.

TRIEB-KRAFT
Es ist eine trübe Fatalität, wenn man die Kräfte der Vorstellung freigesetzt sehen muß von dem Regelmaß der Disziplin, das sie in Schach halten soll. Dies hat mir immer viel Ungemach bereitet. Stellte ich mir lebhaft ein Unglück, ein Mißgeschick, eine Fatalität etc. vor, so traf sie auch prompt und gleichermaßen mechanisch ein. Hume lesen.
Die T. war wieder übermächtig und ich suchte mir allerlei Zerstreuung und Ablenkung, allein, nichts half. Ich grub ein tiefes Loch im Eichenwäldchen und füllte es wieder auf und grub ein zweites und auch mit diesem verfuhr ich auf die nämliche Weise. Ich nahm eiskalte Bäder und geißelte mich hernach mit der Nilpferdpeitsche, die mir Travis aus Ägypten mitgebracht hatte, traf aber nur den Spitz der Köchin, der jämmerlich blutete; nur mich traf die Peitsche nicht und nicht dieses unglückliche Agens, das mich zum Knecht meiner eigenen Dispositionen macht.
Francine mit meiner Begierde molestiert – als sie schlief, in der Hitze des Mittags, hob ich ihr Spitzenhemd auf und rollte es über ihr Gesicht und wollte sie dann mit Gewalt. Allein Francine preßte mit großer Kraft ihre Beine zusammen und klemmte meine enervierten balls empfindlich, so daß ich eine ausgedehnte Schmerzsensation hatte, die ich auch hätte missen können.

24

Ich war damals dazu verurteilt, Unmengen Frubienzym-Tabletten zu schlucken, zusammen mit anderen in einer anderen Farbe, die einen scheußlichen Geschmack im Munde erzeugten, und ich merkte, immer wenn ich mich Aurel in meiner Hilflosigkeit zärtlich nähern wollte – und sei es nur, um ihr einen kleinen Vortrag über die positiven Impulse zu halten (die sie im übrigen auf rücksichtslose Weise vermissen ließ) –, eine Abwehr, einen Widerstand, eine strikte Einhaltung von Distanz, dachte aber in meiner Arglosigkeit nichts Böses.
(Bei Wollheim, dieser Trottel hatte wahrscheinlich versucht, der lieblichen Aurel seine Zunge irgendwo hineinzustecken.)
Dann, bei einem beiläufigen Kuß am Abend, ich fühlte mich besonders krank und bedurfte der Zärtlichkeit, stieß mich meine Aurel von sich und sagte den bedenkenswerten Satz: Mann, hau ab, du stinkst aus der Fresse, als verweste dein Gehirn. Das mir, mein lieber Kelp, diesen Satz für meinen geräumigen Verstand.
Selbstverständlich zog ich mich zurück, gentlemanlike, und belästigte sie hinfort nicht mehr, wenngleich wir noch ein gemeinsames Bett und Bad benutzten.

Es ist Abend und ich kann nicht weiterschreiben, Tränen trüben meinen Blick usw. – jedenfalls Brant entschuldigte sich auf seine altmodische Weise und schrieb zum Schluß einen Satz, der wie ein Zitat klang:
Allenthalben stellt das bürgerliche Bewußtsein endzeitliche Betrachtungen über sich selbst an.
Das mochte wohl stimmen.

Ich vertagte die Lektüre des Briefes, ging in die Restauranthalle, setzte mich mit dem Rücken zur Wand, aß vorsichtig ein Omelette, verpfuscht durch Rosmarin und Salbei, trank ein Glas Perrier und ging früh zu Bett, nachdem ich ein bißchen im Katastrophen-Spezialisten Queron gelesen hatte.

Queron, das muß man konstatieren, war ein glücklicher Typus, weil sein Blick auf alle Fälle, Situationen und Ereignisse misanthropisch war, und der misanthropische Zug verbessert ganz entschieden jede noch so miese Lebensqualität.

25

Als ich am 2. August um 6.09 meinen neurasthenischen Blick auf Kelp richtete, fühlte er sich verhältnismäßig wohl und er konnte, nach einem kleinen Frühstück, mit der Lektüre der amerikanischen Tournee fortfahren.

Gäbe es, mein lieber Kelp, gegen diese unkalkulierbaren Gemengelagen immer wirksame Präventivmaßnahmen, man käme in keine beklemmende Hauptlage.
Mein Augapfel, mein Dorn Aurel war nie besonders zärtlich gewesen, so daß mir die neue Abneigung, gespeist aus tausend ubiquitären Quellen, nicht besonders als Abweichung auffiel.
Nach diesem schrecklichen Satz war natürlich Schluß, gewissermaßen, sie verstehen doch?
Es gab keine Annäherung mehr und mein Riesenreservoir an Tränen und Zärtlichkeit mit einer Überdosis Selbstmitleid mußte sich andere Kanäle suchen. Ist das Schreckliche einmal passiert, kann man leicht darüber sprechen; aber die Zeit heilt eben keine Wunden, das ist ein Hauptirrtum und meines Kummers Zentrum – (was für eine erlesene Wendung; beschloß, diesen kostbaren Genitiv-Partikel für meinen defizienten Zustand zu reklamieren).
... war nie eifersüchtig. Das ist eine Lüge. Ich sage die Wahrheit. Ich war immer im Dreieck der eifersüchtigen Blicke, ein trauriger Gefangener – da half, was sie wundern wird, meine Positivität überhaupt nicht, wie überhaupt in gewissen Phasen des Lebens das Prinzip der Positivität, will sagen, das Moment des Voluntarischen gänzlich versagt.
(Komm endlich zu deiner Katastrophe.)
Ich glaube, es gibt zwei Typen von Frauen – die einen halten Den Mann, den Männlichen Menschen für einen sozialen und sexuellen Idioten; ob das stimmt, weiß ich nicht.
Aurel jedenfalls – der Rest des Satzes war mit Kugelschreiber saftig eingeschwärzt, danach, in der Fortsetzung der Geschichte, fing offenbar eine Katastrophe an.

26

Wetterberichte sind lesbar; die Natur selbst kommt nicht vor und die Kälte oder Hitze, Regen oder Sonne nur in der Form von Temperaturschwankungen und anderen natürlichen Gradualitäten.

Aber bei dem Bericht über seine höchst persönliche Katastrophe hatte Brant zu einem Tonfall gefunden, vor allem bei den Naturbeschreibungen, der einfach großartig war und der ganzen schmutzigen Geschichte ein Gran emphatischer Würde gab.

Ich finde, auch seine syntaktischen Unfälle (Wiederholungen, Häufungen von falschen oder unpassenden Adjektiva, Tempuswechsel) haben einen gewissen Charme, den Brant sonst nur dann hat, wenn er wieder aphon ist:

In dieser blauen Neonnacht (Parkplatzbeleuchtung) gab es ein Gewitter, so daß ich Charles, den jungen Parkwächter nicht fand, einen hübschen, etwas primitiven jungen Burschen mit blauschwarzen Haaren, als ich mit dem Chevrolet in die Garage wollte.

In unserem Motelzimmer brannte kein Licht, die Tür war offen, illuminiert durch die Blitze in unregelmäßigen Abständen. Draußen leuchteten die Stämme der Hickory-Bäume, der Donner rollte – (in diesem Zusammenhang finde ich diese Wendung ein bißchen konventionell) unaufhörlich und ich stieß die Tür zum Schlafzimmer auf.

Noch jetzt klopft mein Herz, wenn ich, aber vielleicht lindert der Bericht auch den Schmerz – ich mußte im Feuer der Blitze folgendes Bild sehen: Charles oder Charly saß nackt auf dem Bett, zwischen seinen Beinen sah man den Schopf von Aurel, die – ich weigere mich, diesen Schmutz zu beschreiben und was dann geschah, dieser Alptraum, geschah in Zeitlupe für alle Beteiligten, außer dem einen Handlungspartikel dieser schlimmen und wüsten Szene – meinem Affekt. Der schlimmen Geschichte Schluß – der Verf. stürzte sich ohne einen Gedanken, nehme ich an, auf Aurel und schlug sie mit aller Macht mit der Faust auf den Kopf. Das Geräusch klang, als fiele eine schwere Zeitung auf Marmor.

(Sehr schöner Vergleich, finde ich.) Charles schrie und Aurel kreischte und der eifersüchtige Verf. sagte eines ums andere Mal, nein, nein, nein. Während eines neuen Blitzes spuckte Aurel und wir kümmerten uns dann einverständig um den blessierten Charles, wobei der Ausdruck kupierter Charles der angemessenere wäre. Ich suchte nach Worten, um Aurel zu beruhigen, und ich suchte nach einem Stück Schnur oder Kordel, um Charles' Heiligtum abzubinden, auch Aurel suchte nach Schnur, fand aber nur einen kleinen Fußriemen, mit dem wir den lädierten Charles verarzteten, während Aurel den armen Charles streichelte und küßte und ihm Trost zusprach – (welchen Trost, in der Situation, das hätte ich gern gewußt, aber über diesen Punkt schwieg Brant).

27

Diese Eifersuchtsgeschichte nahm mich wider Erwarten mit. Ich schluckte zwei Dogmatil, wartete den neuen Tonus ab und las dann weiter. Brants Stil zum Schluß war ein bißchen delirant, so daß ich besser referiere.

Unser guter Brant verabreichte seiner Süßen eine Dosis Valium und einen kräftigen Schlaftrunk, legte sie neben Charles aufs Bett und fütterte Charles mit französischen, sehr starken Schlafkapseln (traumblau) und spülte jede einzelne Kapsel mit Schlitzbier in die Charles-Kehle, während unser Held aus naheliegenden Gründen aphon war und hin und wieder würgen mußte. Schließlich schlief der entmannte Charles, und der immer humane Brant legte 2000,– Dollar unter sein Kopfkissen mit dem zartfühlenden Billett:

> Für eine Prothese in der Klinik von
> Doc Haycox für Plastische Chirurgie,
> Goshem, Virgina,
> Gruß
> Aurel.

Nach diesem Text war ihm wohler (gerade sexuell sind die Männer Idioten, schrieb er als Motto über diesen Teil der langsamen Abreise).

Dann betrachtete er seine schlafende Aurel, die immer noch nackt war, bediente sich ihrer blitzschnell, ohne einen Vorwurf über seine Mundflora anhören zu müssen, verfrachtete sie auf den Rücksitz des goldenen Chevrolet Impala; packte den bewußtlosen Charles unter die Achseln und schleppte ihn hinter das Motel, wo reichlich viele exotische Büsche wucherten, bezahlte die Rechnung, nicht ohne sich (ganz bei Stimme) über den laxen Charles zu beschweren und fuhr dann, die Kehle endlich frei, sehr stumm, auf sehr gewundenen Routen zurück nach New York.

Aber ach, schrieb Brant in flammender Prosa, unter dem Bett lag das Corpus delicti, vierundzwanzig Jahre alt, selbstverständlich nahm ich es nicht extra in Augenschein, das wäre die reine Pein gewesen, nein, ich ließ es liegen und plötzlich stimmte mich dieses kleine Ding traurig.

28

Ich hätte mich menschlich benehmen müssen, ich hätte als Kranker reagieren müssen, pardon, ich hätte die arme Aurel, verstehen sie, mein lieber Kelp, als eine Kranke behandeln müssen; wenn diese verfluchte Fellatio nun einmal ihr Herzenswunsch war, ein Wunsch, erzeugt kraft Lektüre von glänzenden Bildchen aus Zeitschriften wie Climax oder Teeny oder Flair mit Großaufnahmen männlicher und weiblicher Organe, nun, was wäre, ernsthaft, dagegen einzuwenden gewesen? Außerdem spielte Alkohol eine große Rolle, bei übermäßigem Konsum neigt meine Schöne zu Übergriffen, gewissen Kühnheiten, ungeschickt appliziert, wenn sie verstehen, was ich meine, dazu kam das Wetter, ein ausgeprägtes Hoch aus dem Nordwesten – und dann war da dieser Garagenbursche, Charles, ein Akzelerationsidiot, mit soviel Gehirn eben, daß er Energie in Masse, Verzeihung, jedenfalls eine willkommene Gelegenheit für meine arglose, in manchem jungfräuliche kleine Aurel (die im übrigen in einem kleinen College in Utah ein Diplom für Anthropologie erworben hat), gewisse Dinge aus den gynäkologischen Vierfarbdrucken auszuprobieren; wer wollte ihr eine böse Absicht unterstellen – bei der Witterung und nach der Konsumption von drei Gläsern Bourbon.
Während unserer fluchtartigen Rückkehr nach New York erklärte ich dem Kind den Sachverhalt, wie ich ihn sah, und ich muß zu meinem Leidwesen gestehen, daß sie eine Reaktion zeigte, die dem Hohn nahe kam. Gottlob war ich nach ihrer Reaktion wieder aphon, so daß sie mein Schweigen für ein frostiges hielt (eine immerhin angemessene Reaktion meinerseits) und nicht für schlicht naturgegeben.

Aber von nun an entschlüpfte ihr hin und wieder, wenn sie geistesabwesend war, der Ausdruck ›Onkel‹, der meinen Status als Liebhaber und Mäzen unterminierte. Soviel über die Amerikanische Niederlage.

Sobald ich wieder bei Stimme bin, werde ich mich pünktlich melden. Aurel kommt nunmehr in genau acht Tagen und ich fühle mich noch sehr schwach.

Ich hoffe sehr, mit meinem bescheidenen Beitrag über eine intime Niederlage zu Ihrer Theorie des Desasters beigetragen zu haben, bitte aber gleichzeitig, bei der Benutzung des kostbaren Materials die Namen und die Umstände zu ändern.
B.

29

Ich notierte auf einem entsetzlich leeren Blatt das erste Stichwort unter der Hauptrubrik Desaster

EIFERSUCHT

und beschloß, meinem kranken Schäfchen einen Besuch zu machen.

Aber zuerst bestieg ich den Fahrstuhl, ein wunderschönes Modell mit blinden Spiegeln und urinfarbenem Damast, und rumpelte gemächlich abwärts, grüßte den sanguinischen Besitzer des Hotels, Monsieur Prahl (gebürtiger Königsberger, der nach seiner Gefangenschaft in Le B. sitzengeblieben war), und erreichte endlich die Bar.

Der Raum war dämmerig, beileibe nicht düster, wie Brant immer behauptete, und ein wenig eklektisch, was Einrichtung und Mobiliar betraf. Es war eine Mischung aus Ottoman-Boule-Stil (schwellende Pölsterchen, viel Rohrgeflecht) und deutsch-rustikal.

Ich trank einen Pastis, gab mich der Permanenten Reflexion über meine Niederlagen hin und trank noch einen Pastis, als das Ergebnis der Reflexion sich im roten Licht der Tiffanylampen partout nicht änderte.

Was ich alles im Halblicht dieser Bar, einmal überstürzt und dann wieder quälend langsam, jedenfalls immer in verschiedenen Geschwindigkeiten dachte (wobei unglaublich viel mehr Zeit verbraucht wird, als wenn man systematisch abruft), war ungefähr die folgende, leicht diffuse Generalüberlegung, daß man die Sache systematisch angehen müsse, mit allen Konsequenzen.

Systematisch trank ich noch drei Pastis, ehe ich konsequent keinen vierten trank; schließlich hatte auch der Kranke seine Probleme, die beträchtlich waren, und dagegen hatte er konsequenterweise auch Pastis oder ein anderes Palliativ.

30

Ich klopfte und trat sofort ein. Wir hatten abgemacht, seine Tür nie abzuschließen, so daß ich immer eintreten konnte, gleichgültig, ob er aphon war oder nicht. B. war nicht aphon, im Gegenteil.

Mit klangvoller Stimme sagte er: Aber bitte, herein, lieber Freund, herein.

Brants Zimmer war um ein Drittel größer als mein Desaster-Studio. Vor dem Fenster mit dem obligaten Blick auf den verregneten Fluß stand ein großer Schreibtisch mit einer Olympia Typenradmaschine, daneben ein Diktaphon, das eingeschaltet war. Der Kranke saß weit zurückgelehnt auf seinem ungemachten Bett und lehnte den Schädel an den Rahmen eines Ölgemäldes im Format 20 × 40 – Badende Mädchen, signiert von einem Amateur namens Coucrole.

Ein Bild von bukolischer Heiterkeit, sagte Brant, und das Mädchen rechts, ja die, die die Arme hebt, erinnert mich fatal an meine Aurel – die gleiche Brustmuskulatur oder Pektoralmuskulatur und der Schwung der Hüften – ach Aurel. Wollen Sie etwas trinken?

Ich habe einen ganz passablen Premier Cru aus Grave da, aber auch Gin, Whisky und natürlich Pastis.

Ich nahm Pastis und Brant schenkte uns ein mit einem gewaltigen Tremor. Nach dem ersten Glas war der Tremor fort und den zweiten Schluck goß er traumhaft sicher ein.

Sie diktieren sich Ihre Memoiren, sagte ich, dasselbe habe ich auch vor, aber schriftlich. Glauben Sie, daß es hier Maschinen mit deutschem Typensystem gibt?

Memoiren, sagte Brant, nein, nicht direkt, nicht unmittelbar, vielmehr kleine Einfälle, Reflexionen, wenn sie so wollen, Aphorismen, hin und wieder ein wenig Erinnerungsarbeit, selbstverständlich, aber nur aus einem Grund – eines Tages werde ich für immer aphon sein und dann wird es für mich ein wehmütiger Genuß sein, meiner Stimme zu lauschen. Natürlich habe ich auch an die Praxis gedacht. Man kann ja nicht mit diesem Apparat

quaken, wenn man mit einer Dame spricht. Also habe ich für alle Eventualitäten des Lebens alle möglichen Sprechakte aufgenommen, gültig für alle Wechselfälle sozusagen, mögen sie hören?
Ich weiß allerdings nicht, aus welcher Sphäre . . . Brant murmelte vor sich hin und drückte dann den kleinen Knopf an der Frontseite.
Man hörte ein Rauschen und dann hörte man Brants sonores Organ, der folgende Sätze wohlmoduliert äußerte, immer mit kunstvollen kleinen Pausen:
Eine heftige Neigung hat mich erfaßt, meine Liebe. Hören Sie, ich liebe Sie.
Würden Sie bitte die Strümpfe anbehalten?
Hätten Sie etwas gegen einen kleinen Mozart einzuwenden?
Schließt Ihr BH hinten oder vorn?
Sie haben wunderschöne Beine.
Aber meine Liebe, Cellulitis in ihrem Alter ist kein Makel.
Es rauschte wieder und Brants Stimme räusperte sich.
Sehr hübsch, sagte ich, haben sie auch eine Simulation fürs Eigentliche?
Nein, sagte Brant, ich werde stumm vollziehen, wie die leidende Kreatur.
Aber ans Finale habe ich gedacht, man kann das ja nicht immer schriftlich machen.
Moment, hier geht es mit Anweisungen und Ermunterungen und auch Komplimenten weiter . . .
Sie haben wunderbare grüne/braune/blaue/dunkle Augen.
Ihr Mund hat eine herrliche Form/Farbe –
Ihre Zunge hat eine göttliche Form.
Wie Sie duften!
Ah, Chamade, Chanel, Mitsouko, Charly, Soir de Paris –
Soir de Paris, sagte ich, würde ich streichen, ich meine löschen – keine Frau nimmt mehr dieses schwüle Parfum in der kobaltblauen Flasche.
Vielleicht haben Sie recht, sagte Brant großmütig, jetzt kommt das Finale, Achtung:
Die Liebe ist wie eine Blume, die auch verwelken muß. – Das finde ich sehr poetisch, Sie nicht?

Leider trennen sich hier unsere Wege, meine Liebe. Ich habe keine Zeit, nein, auch morgen nicht und auch nicht übermorgen, ich werde zurückrufen.
Ein bißchen kühl, oder?
Du bist eine dumme, selbstgerechte, widerliche Matratze sowohl im Gespräch wie auch im Bett – hier fehlt noch der Schluß, aber man muß ja leider auch mit dieser Eventualität rechnen.
Ich lobte seine Sammlung leicht angetrunken und sagte, glaube ich: Das sind die richtigen Präventivmaßnahmen. Achten Sie bloß auf den Zähler und merken Sie sich Kennziffern und Zeiten. Sie müssen in jeder noch so bösen oder guten Situation ihr inneres Zählwerk zügeln, 008 zum Beispiel, Ihre Zunge hat eine göttliche Form, ca. acht Sekunden oder neun, bis 017. Man darf nicht im Versehen den falschen Sprechakt sagen.
Das war immer mein Fehler. Ich mache viele Fehler, ich habe viele Fehler gemacht, ich werde viele Fehler machen, das ist das Kalkül, die Rechnung, bitter im miesen Saldo usw. –
Wie mir der höfliche Brant am nächsten Tag erklärte, zählte ich ohne Besinnen, nahezu bewußtlos, aber fluide und mit der Geläufigkeit eines indoktrinierten und konditionierten Idioten sämtliche Fehler meines aktiven Lebens auf, angefangen vom Tod meines Vaters kurz nach der Entnazifizierung und der glorreichen Aussicht auf den Flüchtlingsausweis C – (ein Verkehrsflugzeug ließ eine Niete fallen, die den Schädel meines Erzeugers zerschmetterte) bis zum Großen Fiasko mit der Gesunden Geschäftsidee und Venns fehlerquotenreichen Verdiensten.
Wir sollten, sagte B. zum Abschied mit viel Mitgefühl, jeden Tag ein anderes Thema wählen und das thanatologische, mein Lieber, ist nicht das schlechteste; auf morgen.
Soviel ich weiß, legte ich mich angezogen aufs Bett, besoffen am hellichten Tag, und schlummerte bis zum nächsten Morgen um 11 Uhr.

31

Ohne einen Tropfen Alkohol im Leib schrieb ich um 12 Uhr (strahlende Sonne, die zu meiner Disziplin paßte) die Instruktions-Zettel, d. h. ich notierte für mich höchst privat Anweisungen für das Leben in Le B. und die sog. Aufarbeitung, immer noch ein schlimmes Wort, für das man ein Synonym suchen sollte.

Schon die erste einzuführende Differenz machte Schwierigkeiten, nämlich die, deutlich zwischen den privaten und den quasi öffentlichen Desastern zu unterscheiden.

Hätte ich einen stimmigen Ausdruck für diese Differenz, folgte sofort eine andere Qual der Unterscheidung – nämlich der zwischen selbstinduzierten und nicht selbstinduzierten Desastern; dachte ich an die Rolle des Fatums, der tückischen Tyche oder des sog. Zufalls, wurde mir schwindelig.

So schrieb ich denn (12.12 h) erst einmal eine grobe Liste aller jener Lebensthemen und Variationen, in die ich verstrickt war, wenn Verstrickung überhaupt der wahre Ausdruck ist.

1) Der Anna-Komplex.
   Sub.: Geschlechterkampf. Vielleicht episch anfangen? Mein Duell mit Anna dauerte genau 2 Jahre, drei Monate, vier Tage.
2) Das Große Fiasko. Aber wo anfangen? Wie hat es angefangen? Wer hat womit angefangen. Am Anfang war die Idee der Gesunden Geschäftsidee. Das war eine Idee der Generalsanierung.
3) Mamachen nach F. schreiben und nach Fortschritt/Rückschritt Darmkarz. fragen. Besuch in Aussicht stellen, aber Arbeit vortäuschen.
4) Die Photographien von Venns Beerdigung – streichen – Einäscherung, d. h. Cremierung heraussuchen.
5) Über diese Reise nachdenken, die eine Flucht ist und eine Therapie, sozusagen.
6) Brants Arzt anrufen.
7) Antabus kaufen.

8) Tonisierende Literatur für uns kaufen; seelisch vorbereiten auf Ankunft Aurel.

Im trüben Lichte des heutigen Tages betrachtet, hat diese Liste etwas Erhabenes in ihrer Zerstreutheit; aber immerhin hatte ich mit etwas angefangen und ich war fest entschlossen, auch fortzufahren, koste es, was es wolle, ohne Alkohol, ohne Anna, ohne Sentimentalität, ohne gewöhnliche Neuralgien und die üblichen ängstlichen Neurasthenien.
Beschloß an diesem Dienstag (der im Orient als besonders übler Tag gilt), meine Lebensgewohnheiten strikt zu verändern und ein neues, gesundes, halb-aktives Leben auf der Grundlage diätetischer Prinzipien zu führen und teilte diesen Entschluß B. schriftlich mit.
Sie sollten, schrieb Brant, unbedingt der Diät eine Schlafkur hinzufügen. Bei Ihren schwachen Nerven, nein, man muß schon von zerrütteten Nerven sprechen, bei Ihrem Alkoholkonsum, bei Ihrer manischen Erinnerungswut und Ihren regelmäßigen Zyklen von Traurigkeit wäre eine Schlafkur wirklich das Beste, um sie zu kräftigen. Ich habe wunderbare anthroposophische Schlaftabletten, selbstverständlich auf streng homoöpathischer Grundlage. Im Augenblick fühle ich mich recht wohl.
Ich habe einige wesentliche Aphorismen zu meinem Leben auf Band gesprochen, eine Art Testament, ein Vermächtnis, wenn Sie so wollen, und bin eigentlich recht gefaßt. Man muß dem Tod, wie ein befreundeter Pfarrer einmal in einer stillen Stunde sagte, mannhaft und personal ins Auge schauen.
Oft gedenke ich dabei unseres gemeinsamen Freundes Venn, der auf so tragische Weise aus dem Leben scheiden mußte in der Blüte seiner Jugend. (Der gute Venn war dreiundvierzig, als ihm das kal.-9-mm-Projektil die Neuronenmaschinerie seines Gehirns durchbohrte.)
Bestimmt hätte Herr Venn noch viel segensreiches, nützliches und ethisch hochstehendes für den therapiebedürftigen Teil der Menschheit tun können, aber das mitunter bösartige Schicksal, mit dem zu hadern keinen Sinn hat, schlug mit Urgewalt zu.

Was ich an unserem gemeinsamen Freunde Venn immer zutiefst bewunderte, war die Tatsache, daß er immer gegen seine persönlichen Anlagen und erblichen Dispositionen kämpfte; ja, er war ein Kämpfer und, dies muß ich bewundernd hinzufügen, einer der aktivsten Menschen in dieser ohnehin hektischen Zeit, der mir jemals begegnete.
Und er war, lassen Sie mich dies mit Nachdruck hinzufügen, kein Narziß, der durch Selbstverwirklichung (die sogenannte Suche nach sich selbst) das Gefühl der inneren Leere oder der Empfindungslosigkeit zu kompensieren auch nur den schwächsten Wunsch hatte.
Ihr Fehler, mein lieber Kelp – da brach ich ab, meinen Fehlern war ich nicht gewachsen.

32

Es regnete und regnete, nein, das ist zu schwach, es näßte, pißte und strudelte und stürzte; das Geräusch fallenden Wassers verfolgte mich mit uralten Träumen, in riesigen Bottichen und Zubern zu ertrinken. Brant mußte dafür oft auf die Toilette, eine alte Schwäche, sagte er.

Der Kranke nahm Nestargel zu sich, das aus den Kernen der Johannisbaumfrucht gewonnen wird, während ich mich auf eine Diät mit Eiern geworfen hatte; es ging uns einfach großartig.

Wie hat Anna-M. Sie verlassen, fragte Brant nach dem Frühstück.

In ihrem schwarzen Kleid mit dem engen roten Gürtel, an den Füßen die Mondrianmodelle von Bruno Magli, schwarz, weiß, rot und helles Siena, sagte ich blitzartig und griff, hysterische Reaktion, sofort nach einer Zigarette.

Wir saßen im rötlichen Licht einer kleinen Funzel von Lampe an einem Tisch mit einer senffarbenen Tischdecke.

Sie habe mich bei Nacht und Nebel verlassen, sagte ich, auf dem Küchentisch eine Nachricht, ach, keine Nachricht, lediglich ein Zettel mit ihrer großen, kühnen Schrift, sonst nichts.

Wie lautete der Satz, fragte Brant.

Oh, sagte ich, nichts Besonderes, eben ein Satz, eine Sentenz, die ein bißchen sinnlos gewesen wäre in Anbetracht von zwei Jahren Liebe und Leidenschaft.

Ich sterbe vor Neugier, sagte Brant und hüstelte.

Der Satz hieß: Je tiefer die Furche, desto höher der Halm.

Rätselhaft, sagte Brant nach einer langen Pause, und das war alles, nach zwei Jahren Liebe, Sexus-Nexus? Ich muß, fügte er hinzu, gegen meine Obstipation Malzsuppe essen, daran führt kein Weg vorbei. Ja Herrgott, sagte Brant, das ist ja ein Satz bar aller Bedeutung.

Ich sagte, es wäre zu bezweifeln, ob er einen Sinn – Sinn haben Sätze immer, sagte Brant verbittert, aber mitunter keine Bedeutung, das ist weit fataler.

Lassen Sie uns interpretieren. Je höher, je tiefer . . .

Draußen öffnete sich der Himmel und entließ eine Menge Wasser mit einer Lautstärke, als habe sich ein kosmisches Klosett entleert, so daß wir unsere Interpretation von Anna-Ms kryptischem Satz verschieben mußten.

33

Magdalena war unglaublich eifersüchtig, aber ich war es nicht, vielleicht war es die falsche Frau, und einseitig betrieben ist die Eifersucht eine blöde Sache.

Bei Anna-M. war die Sache anders – Kelp war eifersüchtig. Eifersucht ist keine Katastrophe, sondern ein selbstinduziertes Fiasko, ein heimliches Laster ohne Vergnügen, eine Art von Psycho-Porno, wie Anna sich ausdrückte.

Hätte ich meine Eifersucht nicht gezeigt, Anna-M. hätte – aber derlei vage Möglichkeiten wollen wir auslassen.

Als approbierter Niederlagenstrazzie rannte ich selbstverständlich komplett und restlos in alle heiklen Situationen, wo es einer ruhigen, gelassenen und souveränen männlichen Persönlichkeit bedurft hätte.

Habe mich ja immer für alle Unglücke, Dummheiten und Desaster präpariert, eine Art Survivaltraining, aber negativ.

Ich liebte sie und das erzeugte eine Verlustangstgrundierung, die erstaunlich war.

Ohne diese sentimentale Grundstimmung (ähnlich dem tragischen Lebensgefühl Unamunos), ohne dieses heimliche Toxin für Herz und Nerven, machte ich gar nichts. Das war die Mixtur, die ich kannte, die ich aber im Hinblick auf mein schwieriges Liebchen nicht kapiert hatte.

Verlustängste, die sich kraftvoll mit Besitz- und Sekuritätsbedürfnissen mischen, ergeben bei der Analyse vergangener Katastrophen immer eine durchschnittliche Gemenge-Lage (die man wieder einmal nicht korrekt überschaut hat), und Gemenge-Lagen waren für meine Lebensführung und bei meinen Dispositionen einfach tödlich.

Meine Eifersuchtsanfälle beobachtete ich als ein Dritter, so daß sich kein klassisches Dreieck ergab, sondern ein Viereck.

Ich beobachtete Anna-M. als Liebesobjekt, das ihrerseits ein fremdes Objekt traktierte, während ich als das im Augenblick verlassene Liebesobjekt voller Scham das trübe Subjekt Kelp beobachtete, das wieder sein Liebesobjekt ins Auge faßte in ei-

ner sinistren Beziehungswahnstimmung, schwarz und tränenaffin, verbunden mit einem gewissen Likelihoodgefühl.
Ich kapierte nie vollständig, daß A. M. diese kleinen Szenen für mich inszenierte, sei es aus Frivolität (sie konnte meiner, wie man so sagt, wirklich sehr sicher sein) oder sei es aus Gründen meiner fatalen Lernunfähigkeit.
Kelp, sagte sie oft, du mußt lernen, lesen, dich verändern, so geht es nicht weiter.
Jedenfalls machte ich ihr Szenen, die sie ergeben über sich ergehen ließ, bis sie mir eine Ohrfeige gab und ihre Tür abschloß.
Damit war der alte Mechanismus des Erkaltens, die Einleitung des Kältetodes garantiert und folgerichtig ging es auf dieser Bahn weiter.
Als hoffnungsloser Sentimentalist lebte ich in meiner alten Zeit-Blase weiter (ewiger Winter, ewige Liebesgeschichte), d. h. die Zeit war für den Idioten Kelp stehengeblieben, irgendein dunkler Dienstag vor langer Zeit, ich befand mich im Strom zurückgewandter Zeit, um es poetisch zu sagen (dazu paßte planvoll die rückgewandte Eifersucht, die ich nur mit Hilfe eines blutigen Kastrationsbestecks eindämmen konnte), während sich Anna-M. längst auf ihren Ballyschuhen Größe 36 1/2 davongestohlen hatte.
Wie klug benahm sich dagegen der misanthropische Queron, der am 9. September 1781 über die Eifersucht o. ä. schreibt:
Sollte mich Francine je betrügen, so wäre dies ein wunderbarer Anlaß, ihre ewigen Wünsche nach Distanz auf die natürlichste Weise herabzusetzen. Meine eingeschränkten Freiheiten und Wünsche könnten ins Unermeßliche wachsen, und zwar ohne den üblichen moralischen Widerstand von ihrer Seite, die sich mir vollkommen ergeben müßte.
Aber leider ist weit und breit kein Liebhaber in Sicht, so daß ich weiter läßliche Erleichterungen suchen muß unter der Fuchtel von Infektionen und dergleichen.

34

Gab diese Blätter Brant zu lesen, der wieder aphon war und sich über jede Ablenkung freute.
Wir saßen in der rötlich illuminierten Bar vor dem Fenster und tranken einen Pastis nach dem anderen.
Sie sind wirklich ein Katastrophen-Typ, sagte Brant befriedigt, du liebe Zeit! Rückgewandte Eifersucht, was nicht gar.
Viel schlimmer ist ja die Kombination rückgewandter Eifersucht und antizipierender Eifersucht, ein wahres Höllensystem.
Aber seien Sie doch froh, daß Ihre Freundin anderen Männern gefällt. Mit einer Frau zusammen zu sein, die keinen Anklang findet, ist wenig schmeichelhaft und ein furchtbares Schicksal, das allerdings Millionen Männer mit Fassung tragen.
Ich selbst bin überhaupt nicht eifersüchtig (goldene Worte im August) und zumal von diesem Doppelleiden gänzlich frei. Dafür mußte ich meine süße Aurel, die übrigens Jutta Priczinski heißt, sagte ich das schon? regelmäßig bestechen, ehe sie sich auf einen Clinch nach der Stoppuhr einließ.
Sie gab mir immer sieben Minuten, wie sie gerade auf die 7 kam, weiß ich nicht, vermute aber religiöse Gründe.
Wir sollten unsere Gesundheitsdiät aufgeben, sagte ich mit neutraler Stimme, sie bekommt mir nicht. Ich vertrage den Alkohol nicht mehr so gut wie früher, wenn ich ihn früher je gut vertragen habe, was man bezweifeln sollte.
So wahr, so wahr, sagte Brant, und wir bestellten noch zwei Pastis.
Schwierig, sagte er, wird's nur beim Schlucken, ich bilde mir ein, ich kann nicht schlucken und kaum bilde ich mir diese Unfähigkeit ein, so kann ich auch nicht schlucken.
Völlig normal, sagte ich, wieder eine Frage der Antizipation.
Draußen fing es wieder an zu regnen.
Der Himmel hatte eine schöne, massive Bleifarbe und an der Hauswand aus Kalk erschien die Miniatur eines wasserreichen Ur-Deltas.
Vor dem schwarzen Gully sammelten sich eine Büchse Coca-Cola, ein gebrauchtes Präservativ und ein Champagnerkorken.

35

Die Desaster (Vorläufige Reihenfolge).
Die Versuche als Photograph.
Das Hundezuchtunternehmen.
Die Sterbe-Klinik-Phase bei Prof. Zuhse.
Muthesius' Nekropolenidee und ihr Scheitern.
Ende eines Liebesverhältnisses.
Das Lebens-Gefühl, ein Verlust.
Psychopornos und andere Schadensabwicklungen.
Mamachens Karzinom.
Brants Finale.
Die Universal-Therapie, die Gesunde Geschäftsidee.
Onkel K. und der Bunker.
McGees Expedition nach Ägypten.

Welche präventiven Maßnahmen und welche prophylaktische Lektüren hätte man unternehmen können, um das Gesamtfiasko (vorläufiger Ausdruck) abzuwenden? Schon die unglückliche konjunktivische Form dieser Fragestellung zeigt, daß auch in den stummen Regeln der Grammatik ein tiefsinniges Unglück beschlossen sein kann.

Ich starrte aus dem Fenster, sitzend auf meinem harten Stuhl an einem Donnerstag mit Regen, nichts als Regen. An einer Hausmauer, brandschwarz, stand in blutroten Buchstaben

HIITA!

Dann starrte ich wieder auf meine private Zimmerwand mit meinen privaten Graffiti des Unglücks und der Niederlagen, inkl. meiner vorläufigen und halbherzigen Notate.

36

Unsere Diäten ruinierten unsere Gesundheit. Wir beschlossen, nach einem alkoholfreien Tag, ein Restaurant zu besuchen und uns durch die Nouvelle Cuisine zu sanieren.

Einen Vorteil, sagte Brant, hat diese Nouvelle Cuisine in jedem Fall – die Portionen sind klein.

So fuhren wir an einem Freitag durch die Landschaft des vorletzten Interglazial, mit vielen Hügeln und kleinen lauschigen Tälern, wo sich vor 600 000 (a. C.) die prähominiden Brüder die Schädel einschlugen und suchten nach einem Lokal.

Der kleine Fiat stöhnte in der Hitze.

Brant sah prachtvoll aus, trug einen taubenblauen Tweedanzug mit Weste, ein schwarzes Hemd und weiße Schuhe mit schwarzen Absätzen. Auf seiner Nase thronte seine Tourneebrille, ein seriöses Ding aus Horn, an deren Bügeln eine goldene Kette hing.

Wir machten, dies muß leider angemerkt werden, mehrere Fehler.

Erstens hatte ich mein deutsch-französisches Dictionnaire vergessen, und

zweitens vertraute ich (wer weiß warum) blind den Sprechfähigkeiten meines Freundes Brant oder seinem Ingenium, sich in jedem Idiom geläufig auszudrücken, so auch im Französischen, dem Idiom Voltaires und Landrus.

Ein späterer Fehler war der, im Lokal Royal Moterin zwischen Sarlat und Cahors einen falschen Tisch zu wählen. Hätten wir den richtigen Tisch gewählt, dann hätten wir auch den richtigen Kellner gehabt, und hätten wir den – aber diese Kette von Fehlern führt in der Aufzählung zu gar nichts.

Kurz nach unserer Abfahrt wurde es plötzlich fahl und gelb, die Bäume bogen sich unter dem Wind und es fing an zu regnen, in langen, grauen Schnüren, daß ich sehr langsam fahren mußte.

Nach einer halben Stunde hörte es zu regnen auf und auf der Straße, die dampfte, erschienen Heerscharen von Fröschen, die aus einem unbekannten Grund von Westen nach Osten wollten.

Anhalten, befahl Brant, stieg aus und machte sich daran, Frösche zu retten. Aus Achtung vor dem Ziel der Frösche warf sie Brant in die Richtung, nach der sie strebten. Hatte er zwei aufgenommen, erschienen neun andere, die unschlüssig waren. Schließlich war Brant so weit, daß er die Frösche blind nach links und nach rechts verteilte.

Ich fuhr langsam hinter ihm her. Immerhin war ein Straßenabschnitt komplett geräumt.

Hat keinen Zweck, sagte ich zu Brants Rücken, es rücken immer neue nach.

Brant grunzte, so daß ich nicht wußte, ob er wieder aphon war oder nicht. Schließlich versiegte der Strom und wir konnten weiter fahren.

Lassen Sie uns kultiviert speisen, sagte Brant befriedigt.

Das Restaurant lag in einem Park, dahinter war auf einem kleinen Berg ein kleines, mausgraues Chateau. Wir beschlossen, in einem geschlossenen Raum zu essen, da gab es keine Fliegen und Vögel konnten einem auch nicht ins Essen scheißen.

Vor Jahren aß ich einmal mit (es war, glaube ich) Margaritha – ich hatte damals die Manie, nur Frauen mit M zu lieben – auf einer Terrasse eines Restaurants in Arcachon. Wir aßen Austern, und ihre schöne Kehle bewegte sich beim Schlucken des Schleims. Es war eine schöne, zärtliche und sinnliche Stimmung. Ihre Lippen glänzten, und ab und zu tranken wir einen Schluck von einem sehr teuren Sauternes – und als sie mir einen Moment besonders vielversprechend in die Augen sah (unsere Füße hatten sich schon verhakt), schoß eine Möwe über den Tisch und schleuderte einen Kotfladen direkt in Margarithas rechtes Auge; sie ließ den Wein fallen, der ihre kostbare Crêpe de Chine-Bluse bespritzte, spuckte ihre Auster auf den Tisch, kurz, aus der Liebesnacht wurde nichts, denn ihr Auge war leicht verätzt – jedenfalls habe ich gute Gründe, nicht im Freien zu speisen.

Wir nahmen einen Tisch, an dem wir im Schutz von zwei kannelierten Säulen saßen. Ein verschlafener, persisch aussehender Mann brachte uns zwei große, in Leder gebundene Speisekarten. Wohlan, sagte unser Brant und schlug sie wohlgemut auf. Es

wimmelte – dazu handschriftlich und kaum leserlich – von geheimnisvollen französischen Nahrungsbezeichnungen. Aber ich vertraute Brant.
Hatte er nicht einmal, in einer sehr heißen Nacht, kurz nach Orleans, einen düster klingenden Vers von Baudelaire zitiert, mit perfekter Prononciation?
Tja, sagte Brant und runzelte die Stirn, Fleisch will ich nicht, nein, heute ist ganz entschieden kein Tag für Fleisch – und Brant blätterte in der Speisekarte. Für alle Fälle bestellten wir erst einmal einen Aperitif und hatten damit noch eine kleine Frist.
Bœuf Mireton, sagte ich, das ist Rind?
Bison, sagte Brant zerstreut, die haben hier gelebt.
Der Ober kam mit hängender Unterlippe (er sah aus, als könne er sein Lebtag keinen Bissen mehr zu sich nehmen ohne zu kotzen) und wir bestellten, das heißt, ich bestellte natürlich, was Brant bestellte, das komplette Menü –

Croquettes de Coquillages
Parmesan-Soufflés
Anchovis-Beignet
Consommé à la Royale
und, nun kam der Punkt –
Grenouilles Sautées à la Bordelaise.

Und danach, sagte Brant, nehme ich eine Daurade, das ist, glaube ich, eine Barbenart mit Butter und rotem Essig.
Brant, sagte ich, was sind Grenouilles Sautées? Äh, sagte Brant (und der Satzanfang hätte mich stutzig machen müssen), das ist, glaube ich, Kalbsbries, sehr zart, eine Spezialität der Gegend hier, habe ich schon oft gegessen, ganz zart, man muß nicht viel kauen. Dieser Punkt hatte viel für sich. Wir waren schließlich flüssige Nahrung gewöhnt, und das Schlucken fester Nahrung gehört zu den wirklich anstrengenden und mitunter widerlichen Dingen dieses Lebens.
Dem Wein schenkte der Kranke viel Aufmerksamkeit. Wir nahmen einen St. Emilion, 1979, nicht gerade einen Grand Cru, aber immerhin einen Permier Cru, leicht und trocken.

Brant probierte zuerst, nahm (als Kenner) einen Schluck, spülte ein bißchen, hob den bebrillten Blick an die Stuckdecke mit Fliegendreck – und verschluckte sich prompt.
Als sich der Sturm gelegt hatte, sagte Brant, das Bukett sei köstlich, vielleicht ein bißchen zu viel Dépot. Wir ließen ihn dekantieren. Als der Ober in eine Karaffe umfüllte und dabei die obligatorische Kerze anzündete, sah er aus, als dächte er an seine tote Mutter.
Das erste Gericht kam und es waren Muscheln. Das Katastrophen-Cluster wurde dichter. Ich probierte eine und schon beim Kauen schluckte ich unwillkürlich, es ging, es ging.
Das Anchovis-Beignet wurde mit einem Sträußchen frittierter Petersilie gereicht, das ich aß, wegen der Vitamine. Der Rest ging nicht so gut herunter. Brant kaute und kaute. Seine Schläfenmuskeln bewegten sich mit dem Regelmaß einer Maschine. Schlukken, sagte ich leise zu mir selbst in diesem Augenblick und Brant hörte auf zu kauen und starrte mich an.
Pardon, sagte ich und kümmerte mich um die Bouillon, die nach Messing schmeckte. Dieser Messinggeschmack erinnerte mich an etwas Bestimmtes, das mir einmal wichtig gewesen war, aber es fiel mir nicht ein.
Der Nebentisch wurde besetzt – zwei Herren, schwärzliche Typen mit Sonnenbrille und eine ältere, sehr schöne Dame in einem weit ausgeschnittenen Trägerkleid aus blauer Seide. Hätte Brant anders gesessen, wäre alles anders verlaufen, als es denn verlief nach den bekannten Mustern des Desasters.
Wir bestellten nach dem vierten Gang (ein paar pochierte Erbsen auf Safranschaum, ein Zufallstreffer meines Gourmets) noch eine Flasche und mein Freund verzichtete auf den Probierschluck. Ich gebe diese Szene so exakt wieder, um einmal zu zeigen, wie sich die Katastrophen so zusammenbrauen, ohne daß das Subjekt allzuviel handelt, weder im Sinn der vernünftigen Prävention noch im Vermeiden einer unvernünftigen.
Wie war eigentlich Ihr Werdegang, mein lieber Kelp? Diese ungeschickte Frage stellte mein Schäfchen nach seinem neunten Glas St. Emilion.

Werdegang, fragte ich, Karriere? Was ich gelernt habe, verlernt und studiert? O ja, sagte ich, ich habe massenhaft viel studiert, aber immer ohne Abschluß, niemals ein Diplom, außer als Krankenpfleger.
Ich habe Hunde gezüchtet, dann war ich in einer Sterbeklinik beschäftigt, die Pleite machte, wie das Hundezuchtunternehmen. (Ich stürzte ein Glas Wein hinunter. Mein Magen hob sich.)
Mein Mamachen hat ein Darmkarzinom, sagte ich. Ach – und dann war ich noch Spezialist für eine moderne Nekropole. Von meinen mißglückten Versuchen mit Frauen wollen wir nicht sprechen, nicht hier, nicht jetzt, nicht heute. Mit Frauen ging immer alles schief, nichts als Niederlagen mit Frauen.
Das tut mir leid, sagte Brant.
Am Nebentisch wurde Spargel gegessen und die schöne Frau aß Spargel in der klassischen Manier – sie nahm eine Stange mit einem abgespreizten kleinen Finger, tauchte sie in die Butter und führte sie dann mit anmutig geneigtem Kopf zwischen ihre Lippen, sehr langsam. Nach jedem Bissen betupfte sie ihre feuchten Lippen mit der Serviette.
O Gott, sagte Brant und fing an zu schlucken; es wurde eine Serie.
Jedesmal dann, wenn die Dame sich über ihren Teller beugte, erschien, synchron zu der weißen Stange in ihrem Mund, ihre linke Brust mit einer hellroten, leicht erigierten Brustwarze.
Die Grenouilles Sautées à la Bordelaise erschienen in einer großen Schüssel, keusch bedeckt von einer hellen Sauce.
Das ist ja unerträglich, sagte Brant leise. Ich wußte nicht, ob er das Zeug meinte oder den Anblick der Dame.
Zum Ober sagte Brant in seinem fluiden Französisch: Ich voir connetre que le nom de ce entremet . . . pardon es muß natürlich heißen Je voir connetre – und der levantinische Typ verstand den gräßlichen Satzpartikel meines moribunden Freundes und sagte mit einer peinlichen Trennung der beiden scheußlichen Schs – Frosch-Schenkel.
Der Ober grinste höhnisch und wünschte Bon appetit, Messieursdames. Klang wie ein Fluch.

Geistesgegenwärtig sagte Brant, sein Französisch sei doch ein bißchen eingerostet, warf noch einen blutunterlaufenen Blick auf die schöne Brust und die feuchten Lippen der Dame und stand dann sehr rasch auf, durchquerte im Laufschritt, die Serviette vor dem Mund, den Saal, wurde offensichtlich aus der Küche geführt (in guten Restaurants liegt die Küche immer neben der Toilette) und in den für seine speziellen Bedürfnisse besser geeigneten Raum, wo einer eine Viertelstunde blieb.

Ich ließ abräumen und trank die Hälfte der Flasche. Der Fermentierungsprozeß macht den Traubensaft zu Wein. Die natürliche Aktion der Hefe wandelt den Traubenzucker in Alkohol um.

Mein Onkel wurde kurz nach unserem Besuch in seinem Bunker Opfer eines opportunistischen Infekts.

Anna-M. hatte auf ihrem rechten Knie eine kleine Narbe aus der Kinderzeit, die ich gern küßte.

Ein Pornofilm ist keine Lösung.

Augustinus schrieb sich seine erotischen Texte eigenhändig.

Die EMP-Waffen gehörten zur Dritten Generation nuklearer Systeme der Vernichtung; ästhetisch einwandfrei. Lähmte jede Elektronik, Autozündströme etc.

Auch die Mikrowellenwaffensysteme gehörten zur Dritten Generation.

Denkt dein Computer wie du?

Die Input/Output-Fluktuation wurde durch das Erscheinen Brants unterbrochen, der verschwitzt und krank aussah.

Mußte sich räuspern, war aber nicht aphon.

Majestätisch rief er den Kellner, der nur widerwillig kam, stornierte die Daurade und bestellte eine Karaffe Eau-de-vie de prunes, aber toute la Suite.

Den Rest kann man sich denken.

Die Unterhaltung wurde ein bißchen undeutlich, wir hüpften von Thema zu Thema und ließen die meisten rasch wieder fallen.

Sie müssen das alles aufschreiben, sagte Brant immer wieder, sonst geht's verloren und das wäre doch, hicks, pardon, schade bei ihrem wunderbaren Katastrophenkatalog.

Lehm, sagte ich, alles gelebts Lehm, o ja. Wir boten uns lallend das brüderliche Du an, lange, sagte Brant mit Dackelfalten, wird's ja nicht mehr dauern, dann bin ich ein Par – jawoll – tikel, eine beliebige, anonyme Agglo, Agglo, ja, -meration unter viel vielen, ja.

37

Das folgende Beispiel ist mir sehr lieb, weil es zweideutig für den verläßlichen Gebrauch der Katastrophenskala ist – vielleicht ließe sich dieser Casus unter Reiseunfall abbuchen.
Die gute Alma Mahler-Werfel-Gropius usw.-Witwe erzählt diese Geschichte am besten.
Horvath nahm den ersten Zug und fuhr nach Paris. Am Bahnhof in Paris traf er Bekannte, die ihn irgendwohin mitnehmen wollten. Er rannte ihnen davon und rief zurück, er habe keine Zeit, er müsse etwas Wichtiges erfahren. Und so irrte er durch die Pariser Straßen, bis er an die Champs Elysées kam. Es war unerlaubt heiß, kein Wind bewegte ein Blatt – ein einziger Donner rollte schwer –, ein plötzlicher Blitz zuckte (die dramatische Gedankenstrich-Konstruktion behalte ich bei) – und fällte den Baum, unter dem Horvath stand. Der Baum krachte auf den Kopf Ödöns und tötete ihn augenblicklich.
Es war kein Gewitter, kein weiterer Donnerschlag, keine Blitze, sondern einfach ein allerhöchster Mord.
Der sogenannte Zufall spielt bei dieser Geschichte eine bedeutende Rolle. Wie Wollheim richtig definiert: Als ein Zufälliges wird der durch die Kreuzung zweier Kausalreihen bewirkte Vorfall bezeichnet.
Auch der Tod meines Erzeugers (Sommertag, Spaziergang nach Entnazifizierung, Flugzeug läßt Niete auf Schädel fallen, finito) gehört in diese Klasse der Zufalls-Kreuzungs-Ereignisse.
Weitere Beispiele sammeln, zurück zu den Ursprüngen der Desaster-Cluster, Kindheit, Jugend und frühe Macken als Selbstbestimmungen; Fremdeinflüsse durch falsche Erziehung, trübe Einflüsse durch falsche Lektüre, störende Einflüsse durch Bekannte, Freunde, die Geliebten. (Extra-Kapitel.)

38

Ab 1963 studierte ich ein bißchen herum (Literatur, was sonst, Kunstgeschichte), aber immer ohne Abschluß, versuchte dann zu schreiben, aber dazu gehörte Talent und Sitzfleisch, hatte ich beides in hohem Maße nicht.
Ging eine Zeitlang durch Empfehlung als Hilfslektor in einen westdeutschen Verlag für belletristische Literatur und ersparte durch meine vernichtenden Gutachten dem Verleger Kosten und dem Publikum Unzumutbares.
Bald wurde ich als Co-Rektor berühmt, weil ich der Grammatik mächtig war (die meisten Autoren nicht) und die Interpunktion auch in halbseidenen Fällen beherrschte. Und irgendwann schrieb ich die Texte einfach um, wenn wieder einmal mehr Sinn als Bedeutung erzeugt worden war, so daß ein großer Teil der Frühjahrs- und Herbstproduktion sozusagen aus meiner anonymen Feder kam.
Aus Gründen, die ich nicht mehr weiß, verlor ich diesen angenehmen Job und ging in einen Kunstverlag (Vermittlung durch Freundin, nehme ich an), wo ich im Keller Kunstpostkarten zu ordnen hatte. Dadurch vertiefte sich mein Kunstfundus ganz außerordentlich und ich konnte auf sechs Meter Entfernung, bei gutem Licht, einen Manet von einem Monet und einen Sisley von einem Seurat unterscheiden.

Als Typus war ich damals konsensfreudig, hilfsbereit, harmoniebedürftig, anpassungsfähig und hatte nur eine einzige, alles deformierende Macke: ich konnte nicht allein sein, d. h. allein leben.
Nicht allein das Versorgungsproblem bescherte mir immer kurze Episoden an der Seite mütterlicher junger Frauen, meistens PH-Studentinnen. Die Klugen unter ihnen flohen sofort, die Dummen blieben ein bißchen, bis meine Harmoniebedürfnisse selbst ihnen auf die Nerven gingen. Du nervst ja tierisch, das war damals der häufigste Abschiedssatz.
Aber die richtigen, waschechten Desaster mit Frauen gab es erst

später, als mir meine aleatorischen Berufsausübungen in meiner krankhaften Konsensfreudigkeit alle vitalen Energien abgezogen hatten; und Anna M. war die letzte in einem schwierigen unfallträchtigen Alphabet.

39

Ein Schweizer Psychiater (zweifelhafte Schule) stellte mir ein paar Fragen und hatte dann die kostbare, mir liebe Theorie, ich sei schon pränatal geschädigt gewesen, also schon vor der Geburt und wahrscheinlich schon als kleiner Uterus in ewiger Katastrophenstimmung gewesen, dazu in Ängsten vor einer frühzeitigen Geburt. Das war einleuchtend und entlastete mich. In der Tat war ich eine Frühgeburt, sehr klein, sehr zart, wie es sich für künftige Opfer gehört.

Ich wollte – bei dieser Grunddisposition – immer viel Geld haben, um mich mit einer schönen, aber debilen schwarzen oder blonden Schönheit gänzlich zurückzuziehen, aufs Land, bei irgendeiner Tätigkeit, die nicht anstrengend war und bei der ich das Haus nicht verlassen mußte.

Ich fiel Anita in die Hände und Anita liebte mich und ich liebte Anita; aber sie hatte ein anderes Männerbild in ihrem schönen emanzipierten Schädel und ich entsprach nicht diesem Männerbild, so daß sie mich ummodeln mußte. Ausgehend von meinem notwendig falschen Bewußtsein (sie war Politologin) gab sie mir die richtige Lektüre, die einzig wahre, nämlich Marx, und sperrte mich mit den vielen blauen Bänden ein. Sie ging nur noch mit mir ins Bett, wenn ich verständig über einen kleinen Abschnitt referierte; hatte ich den Text nicht kapiert, schloß sie sofort die Beine und riet mir entweder zu weiteren Sublimierungen oder zur Masturbation. Meine Legierungen (Harmoniesucht, Anpassungsmanie und Eifersucht) ertrug sie klaglos, bis sie sich in einen Ägypter verliebte, der ihrem pädagogischen Eros bessere Resultate versprach.

Eines Tages war ich mit Marx gänzlich allein. Sie hinterließ nichts als einen blutigen Tampon, mit dem Hafis spielte, ein Kater, den ich in Pension hatte.

40

1970 faßte ein Freund namens Kahn die erste der sogenannten gesunden Geschäftsideen. Er lud mich ein, mit ihm auf einem ererbten Grundstück in der idyllischen Kaiserstuhl-Gegend Hunde zu züchten und zu verkaufen.
Wir schafften uns, streng einem Handbuch für Hundezucht folgend, Käfige an, die wir in alten Stallungen unterbrachten, und kauften nur edle Zuchttiere als Welpen: Lhasa-Epsos, Weimaraner, zottelige ungarische Hirtenhundebabies im Bob Marley-Look, englische Bulldoggen, die schon als Welpen kurzatmig und immer kurz vor dem Ersticken waren, selbstverständlich für den Hausgebrauch auch Dackel und Cockerspaniels (unsere Welpen hatten alle Ohrenentzündungen); hinzu kamen Pharaonenhunde, die an Haarausfall litten, und chinesische Nackthunde, die froren, so daß wir Heizdecken kaufen mußten.
Alle Köter hatten Gesundheitsmacken – sie litten später unter Dysplasien (Hüftgelenkserkrankungen) und Augenstörungen.
Dann schaffte Kahn einen Posten von fünf Shar-Peis an, und als wir die armen Tiere sahen, diese in ihrem Fell vergrabenen Würmer, hätten wir schon viel Unheil ahnen können. Der gestylte Hund war ja für die Käufer ein besonderer Luxus von Naturbeherrschung, und wenn dann noch die Dressur dazukam, das beliebte Herr-Knecht-Schema, dann dachten wir, sollte unsere Gesunde Geschäftsidee doch eine massive Grundlage für Erfolg haben.
Die Shar-Peis öffneten partout ihre Augen nicht. Später erfuhren wir, daß die Augen operativ geöffnet werden müssen, natürlich nicht bei denen, die schwachsinnig oder blind waren. Von unseren waren drei schwachsinnig und einer blind; der letzte, ein Mädchen, war in Ordnung, fing an zu niesen und starb an einem Infekt.
Kahn warf sich auf den neapolitanischen Mastiff, drei Exemplare kamen gegen ein Heidengeld.
Nach einem Vierteljahr waren wir fertig.
Ich deute die Schwierigkeiten nur an, damit der Verlauf des Desasters deutlich werde.

Die meisten starben dahin, der Rest blieb recht und schlecht am Leben, ohne Staupe oder Lungenentzündungen, als Rest blieb uns der Bestand von kleinen Rassehunden, alle hysterisch und sensibel.
Bis die erwachsenen Tiere sich paarten, natürlich unter größten Vorsichtsmaßregeln, verging massenhaft Zeit, in der die Viecher Unmengen von Spezialfutter verschlangen. Sie mußten gepflegt werden, weil sie leicht filzten (dafür schissen sich die Glatthaarigen immer voll), bei den haarreichen Exemplaren mußte der Arsch geputzt werden, usw.
In der Zeit verliebte ich mich leider in die Käuferin eines belgischen Zwerggriffons, der unter chronischem Durchfall litt; und ich bekam meine großbusige Pädagogikstudentin nicht ins Bett, weil ich den Hundegeruch nicht los wurde. Ich konnte mich waschen, soviel ich wollte, der Geruch wich nicht von mir und auch ein hyperherbes After Shave nützte nichts – ich kam ihrer Haut nie näher als auf vierzig Zentimeter; das war mir zu wenig und eines schönen Tages mischte ich ein starkes Barbiturat in ihren Abendtee, überwand in ihrer Bewußtlosigkeit die Distanz, aber es war kein reines Vergnügen, verstieß doch diese Realisation einer männlichen Phantasie gegen meine Sensibilität.
Es war ein Fiasko.
Kahn setzte sich gar nicht erst dem Mißlingen eines Liebesabenteuers aus, indem er sich männlich, nach Vorlage, erleichterte, wenn ihm die Arbeit an den Hunden dazu Zeit ließ.
Es wurde Herbst. Das Spezialfutter zeigte seine Wirkungen – die Köter warfen Unmengen winziger Hundebabies, es wimmelte von quiekenden und quakenden Zwergen – Epagneuls, Spitzen, Terriern, Möpsen, Cihuahuas, Nackthunden, Griffons und Papillons. Schließlich hatten wir über hundert Hunde und mußten einen neuen Kredit aufnehmen, der uns an den Rand des Ruins brachte. Kahn verkaufte seine Sammlung von Stabilbaukästen von Märklin und seine hundert Viking-Modelle. An dem Tag wurde er von dem weiblichen neapolitanischen Mastiff, der schon mühelos einen Amboß apportieren konnte, in den Arsch gebissen.
Kahn bekam eine Tetanusinjektion, aus unerfindlichen Gründen

entzündete sich die Einstichstelle (kein Wunder bei dem entfalteten Schmutz) und er wurde bettlägerig und überließ mir alle Arbeit.

Wir annoncierten in überregionalen Blättern, aber die Käufer erschienen nur tröpfchenweise – und wenn sie erschienen, dann waren ihnen die Köter zu teuer. Wir reduzierten die Preise und verramschten das edle Zuchtmaterial.

Mir ging es in der Zeit nicht gut. Ich litt unter Asthma und Kahn war plötzlich, wieder rekonvaleszent, allergisch gegen Hundehaare, so daß wir zu den Fütterungszyklen immer Masken tragen mußten; diese Maske erschreckte wieder die Hunde dermaßen, daß sie vor Angst kreischten und mit Kot spritzten; ein paar von den besonders sensiblen verschieden am Herzschlag oder die Luft blieb ihnen weg. Aber wir mußten die Masken tragen, weil es uns sonst so schlecht gegangen wäre, daß wir die Hunde nicht mehr füttern konnten.

Es war ein Dilemma.

Wir hatten auch kein Geld mehr, eine Kraft einzustellen, die allem gewachsen gewesen wäre; es hätte diese Person geruchsunempfindlich und taub sein müssen, dann wäre sie den Kalamitäten gewachsen gewesen – den feinen Härchen, die sich in den Nasenschleimhäuten einnisteten, dem Gestank der kleinen Toiletten, den Dünsten aus den Freßnäpfen mit dem Spezialfutter, das nach totem Fisch stank, und dem unaufhörlichen Bellen, Geifern, Schnappen, Kreischen und Jachern; dabei hatten sie so dünne Stimmchen, es war, wenn sie wirklich loslegten, vor allem Nachts, ein wahrer Geisterchor, man konnte kein Auge zutun.

Bei Vollmond spielten sie unisono verrückt und wir bekamen mehr als eine Anzeige wegen ruhestörenden Lärms.

Das einzige erotische Erlebnis dieser Zeit der Gesunden Geschäftsidee hatte ich mit einer platinblonden Taubstummen, deren Fingersprache einfach rührend und beredt war, vorher und nachher. An meiner kynologischen Aura schien sie nichts zu stören.

Dann verkauften wir ein paar Hunde zu normalen Preisen und etwas kam gewissermaßen ins Rollen. Kahn lernte nämlich (beim

Kauf des männlichen Mastiff, der Louis hieß) eine junge Dame kennen mit schönen Augen, die so aussahen wie die von Louis, und Kahn verliebte sich, hatte aber nicht berechnet beim Einfädeln und Finkeln (bei dem Geruch ging es nicht anders als mit Treten und Stoßen in Sachen Liebe), daß Louis einen ruhigen, sehr würdigen Haß gegen ihn hegte, während er sein Weibchen, eine gewisse Angela, deren Becken mir zu breit war, abgöttisch verehrte und ihr überall nachfolgte – und das war der Punkt.
Louis verließ seine geliebte Angela keine Minute. Wollte Angela auf den Topf, wer sprang auf die Türklinke, um die Donna in dieser heiklen Minute nicht im Stich zu lassen? Es war unser Louis, der seine Schnauze zwischen ihre Schenkel legte, wenn sie auf dem Klosett saß; ging Angela zu Bett, Louis war zur Stelle.
Ein Erlebnis reichte, um Kahn zu kurieren. Er besuchte sie, hoffnungsvoll erigiert, frisch gewaschen und duftend nach einem Deodorant vom Kaliber eines Insektenvertilgungsmittels, im Hotel, wo sie mit Louis wartete, und in den ersten Minuten verschlief der Köter auch die Vorbereitungen für die Liebesnacht.
Der große Augenblick kam und Kahn machte die üblichen ersten Liebesgriffe, auch Angela war ein bißchen in Fahrt (so sagte jedenfalls Kahn später), da schoß der Mastiff mit einem Sprung aus dem Stand (vier Meter, sagte jedenfalls Kahn) aufs Bett und schnappte blind vor Haß (wahrscheinlich mit geschlossenen Augen, um den Genuß zu erhöhen) nach Kahns Testikeln, mit allem, was dran war und verfehlte ihn. Kahn sprang auf einen Sessel und Angela beschwor ihren Louis.
Mit Kahns Gefühlen war nichts mehr, alles im Eimer, wie er sich ausdrückte, und er löste diese Verbindung.

41

Seit diesem Vorfall waren Kahns Nerven zerrüttet. Alkohol kam ins Spiel, und an einem meiner freien Wochenenden brach Feuer aus und vernichtete alle Hunde, Käfige, Freßnäpfe und Klosetts, Kahn überlebte das Feuer (ich nehme an, er hat es selbst gelegt) und widmete sich ab dato der Vertretung von Unterleibs-Unterwasser-Massagegeräten.
Ich floh ohne einen betulichen Abschied, badete eine Woche unausgesetzt mit den stärksten Seifen und Lotionen, die unsere Industrie zu bieten hat, pumpte mir dann etwas Geld und lebte, neuerdings geruchlos und ohne den Geschäftsverkehr mit Hunden je wieder zu versuchen, drei Monate mit der PH-Studentin zusammen, ehe sich, immer mal wieder, ein neues Desaster zusammenbraute. Diesmal hatte es wieder etwas mit meiner elementaren Anpassungsfähigkeit zu tun, mit meiner Konsenswilligkeit – Dorothea zahlte immerhin die Miete und so war ich, trotz meiner Animosität gegen Hunde, einverstanden, einen Komondor in Pension zu nehmen.
Die Haustierhaltung ist ein ganz eigenes Kapitel. Ich dachte, es handele sich um einen stubenreinen Vogel, ungeblendet und diskret – aber der Komondor war ein Hund, der aussah wie ein Schaf – nur der Blick war anders und bei diesem Exemplar mehr als verschlagen.

Mein krankes Schäfchen hat meine Überlegungen und Meditationen über vergangene Desaster sabotiert. Stürzte (gestern, Freitag) ohne anzuklopfen in mein Zimmer, einen dicken gelben Band in der Hand.
Bitte setzen Sie sich, sagte ich, als ich mein hysterisches Zittern überwunden hatte, und nehmen Sie einen Pastis, nehmen Sie zwei, nehmen Sie die ganze Flasche, aber erschrecken Sie mich nie wieder.
Kein Pastis, sagte Brant eilig, hören Sie nur zu: Die Eingeborenen der Insel Mallikolo (Malekula-Neuhebriden) töten ihre alten und hilflos gewordenen Leute mit Hilfe einer Keule . . .
Aus welchem Material, fragte ich, die Azteken benutzten Keulen aus Obsidian.
Geben Sie mir doch einen Pastis, sagte Brant, bei den Eingeborenen auf Erromanga werden die Kranken nicht gepflegt und mit den Alten hat man, wie Koty schreibt, keine Geduld. Auf Neu-Kaledonien ist die Alten- und Krankentötung mit einem Kolben obligatorisch.
Seltsame Übersetzung, sagte ich.
Im allgemeinen (Brant las jetzt der Einfachheit halber vor) genießt das Alter keine hohe Achtung in Polynesien; die alten und kranken Leute werden oft vernachlässigt und umgebracht.
Haben Sie eigentlich Kinder, mein lieber Brant, fragte ich, als er Luft holen mußte.
Ich wüßte nicht, was das mit diesen entsetzlichen Tatsachen zu tun hat, sagte Brant und fuhr fort. Auf Nukahiva (Washington-Gruppe) werden die Alten und die Kranken nur bei Hungersnot totgeschlagen, aber ebenso die Kinder und die Frauen, eine vernünftige Maßnahme, finde ich.
Auf den Fidji-Inseln war die Sitte der Alten- und Krankentötung sehr verbreitet. Alle gebrechlichen, kranken und alten Personen wurden durch einen Keulenhieb (sehen Sie, sagte ich mit einem gewissen Triumph, Kolben ist einfach falsch transkribiert) getötet oder, häufiger noch, lebendig begraben.

Dann sagt Koty: das Strangulieren oder Lebendig-Begraben geschah gewöhnlich nach dem Wunsch der Opfer selbst, und sie hielten es für eine Vernachlässigung seitens der Kinder oder der Verwandten, wenn die Verrichtung der grausamen Tat nicht erfolgte.
Ich fragte, ob Brant bekannt sei, daß meine Mutter Krebs im Finalstadium habe und ob er mir etwa die letzte Lösung vorschlüge. Allerdings weiß ich nicht, sagte ich wahrheitsgemäß in dieser Unterhaltung, ob Mamachen es für eine Vernachlässigung halten könnte, wenn die Verrichtung dieser grausamen Tat nicht erfolgte.
Sie nehmen nichts ernst, sagte Brant, das ist ihr Fehler.
Bei den Buryaten wurde das Töten von bestimmten Zeremonien begleitet. In alten Zeiten zogen sie den im hohen Alter stehenden Männern und Weibern die besten Kleider an, führten sie auf den Ehrensitz und nach einem wilden Trinkgelage bereiteten sie ihnen den Tod durch Ersticken.
Hübsche Sitte, sagte ich und trank noch einen Pastis, dann könnte Mamachen noch einmal den nagelneuen, aber winzigen Persianer tragen und noch einmal ihren geliebten Apricot Brandy trinken, machen Sie bloß weiter.
Nach Nassau werden in manchen Nachbargebieten (Corisca) die Sterbenden lebendig begraben. Verliert jemand das Bewußtsein, wird er schon als Toter betrachtet.
Das ist in deutschen Sterbekliniken nicht viel anders, sagte ich.
Meinen Sie wirklich, sagte Brant.
Aber sicher, sagte ich, ich hab' Erfahrung mit derlei Instituten.
Das Thema war Brant unangenehm.
Mit schwacher Stimme sagte er (aber die Luft war draußen), die Bateke töteten ihre Schwerkranken, um sie dann zu verzehren – aber nach diesem Satz schlug er den gelben Band zu (John Koty, Die Behandlung der Alten und Kranken bei den Naturvölkern) und verabschiedete sich ohne ein weiteres Wort.

Ein Bekannter meiner Mutter (Balte und Anthroposoph, häufige Mischung verarmten baltischen Adels) vermittelte mir eine Hilfskraftstelle in der privaten Sterbeklinik eines Prof. Zuhse in der Nähe von Strassbourg, und da ich nichts Besseres vorhatte, nahm ich das Angebot an. Die Patienten (alle privat versichert) wurden professionell versorgt, und es kamen nur die absolut hoffnungslosen Fälle dorthin, die für die Apparatemedizin bedauerlicherweise verloren waren.
Außer schmerzlindernden Medikationen gab es nur Zuwendung, wie sich Prof. Zuhse frei nach dem großen Binswanger ausdrückte.
Ich versprach mir von dieser Arbeit ein bißchen Ablenkung, die Bezahlung war leidlich, zog mir also eines Tages einen weißen Kittel auf dem Pflegertrakt über und machte mich an die Arbeit.
Eine Woche später verließ ich das freundliche Institut.
Ich hatte ein kleines Zimmer für mich, lichte Birke, wie der Prospekt anmerkte, Television gab es und eine kleine Hausbar, die sich als sehr nützlich erweisen sollte.
Ich war zum Nachtdienst eingeteilt, zusammen mit einer hübschen Schweizerin namens Tina (die mich stark an meine Vorstellung der Heidi von Johanna Spyri erinnerte – schwarze Löckchen) und einem Gastarbeiter namens Ranko.
Dienst hatte ich in Zimmer 12, Nebentrakt des Servushauses (interner Ausdruck), in dem zwei Greise lagen, zwei Moribunde, der eine hatte Kehlkopfkrebs wie unser Brant und der andere hatte einen malignen Tumor, und beide konnten nicht mehr sprechen.
Ab und zu spielten sie Schach, sehr langsam, mit endlosen Pausen. Aus Zartgefühl oder Unvermögen spielten sie immer nur auf ein Remis, niemals auf ein Schachmatt. Sie waren schon sehr matt und man sagte mir, der Abgang sei eine Frage von Tagen.
Instruktionen gab es in Hülle und Fülle.
Zuhse hatte eine komplette Theorie, was vor den Abgängen zu passieren hatte, aber mich machte er mit dieser Theorie nicht

vertraut, so daß ich meinem Stilgefühl in Trauersachen, meiner Sensibilität und meinem Mitleid vertrauen mußte.
Natürlich machte mir meine gottverdammte Prädisposition einen Strich durch die Rechnung, um es salopp auszudrücken. Mein Mitleid war derart überwältigend, daß ich mitunter auf dem Klosett heulte.
Die letzten Nachtwachen wurden angesetzt und die Angehörigen benachrichtigt, damit sie nicht zu kommen brauchten, denn sie zahlten ja den horrenden Preis für einen stillen, reibungslosen Abgang.
Meine beiden alten Kerle lagen stumm da und bewegten nur die Pupillen in ihren Schmerzträumen, und sie taten mir so leid, daß ich wie ein Idiot zu flennen anfing. Mir fiel aus Mangel an Routine auch nicht ein, was man hätte sagen können. Ich sah nur auf die armen alten Schweine und ihr definitives Ende und kam bei der ersten Arbeit noch nicht auf die Idee, den Blick des Mitleids durch Alkohol ein wenig zivilisierter zu machen.
Kurz, ich hatte noch kein Verhältnis zur Sterbekultur in diesem Institut.
Der aufmerksame Zuhse bestellte mich ins Ordinationszimmer und sagte, Sensibilität und Mitleid seien ganz gewiß vorzügliche Gefühle, gewissermaßen, wenn man so wolle, Kulturleistungen allerersten Ranges, aber an diesem Ort durchaus nicht am Platz – so ähnlich drückte er es aus – und ich solle mir jenen Blick angewöhnen, der dem Patienten nicht schade durch allzu frei gesetzte, wenngleich verständliche Gefühle.
Wissen Sie, sagte er zum Schluß, nachdem er mich von oben bis unten (Mokassins) angesehen hatte, Sie haben einen derart sanftmütigen Blick, der schon an Idiotie grenzt, nehmen Sie sich in acht oder benutzen Sie diesen Ihren Blick tatsächlich im therapierenden Sinn.
Eine Art Duell fing an mit meinen beiden Greisen. Meine Reaktion war jetzt sozusagen konditioniert. Ich konnte die beiden Alten nicht mehr sehen, ohne sofort einen Ausbruch nahen zu fühlen.
Seltsamerweise machte meine Reaktion die beiden alten Knaben

richtig munter. Sie sprangen natürlich nicht aus den Betten, wenn sie mich sahen, aber kaum erschien ich, drehten sie im Zeitlupentempo ihre ausgemergelten Schädel zu mir, starrten mich mit ihren großen Morphinaugen an und bewegten die Lippen, um Flüche gegen mich auszustoßen. Hatten sie einen besonders guten Tag, warfen sie kraftlos mit kleinen Gegenständen nach mir, und dem Burschen mit dem Kehlkopfkrebs gelang es sogar, seine gefüllte Bettente auf meinen Fuß abzuwerfen, wie eine Bombe. Sie haßten mich.

44

Wieder eine Störung durch Brant.
War gerade an der Stelle mit den beiden Halbtoten, da schob Brant ein Blatt Papier unter die Tür. Dazu klopfte er drohend und das hieß immer, ich müsse sofort lesen, es ginge um Leben und Tod.
Ich packte also den Retropacken beiseite und las.
Mein lieber Kelp, sagte Brant mit elegischer Stimme, die Zeit ist ein seltsames Kontinuum; während Sie gemächlich und aufrichtig, wie ich hoffe, ihre alten Desaster aufarbeiten, als gäbe es nur die, verschlingt mich die Zeit. Aurels Ankunft rückt näher, während mein Zustand sich verschlechtert, als ginge es der Depravation selbst schlechter – (der bizarre Gedanke eines Kranken, verzeihen Sie bitte –), kurz, seit der Lektüre von Koty einerseits und unserem Besuch in dem Restaurant andererseits, werde ich von widersprüchlichen Wünschen und Ängsten geplagt, die ich als objektiver Geist selbstverständlich an allen Fronten und mit allen Mitteln bekämpfe. Als mein Vater im Ersten Weltkrieg bei Longwy einen Schrapnellsplitter in die Bauchhöhle bekam, verzeihen Sie diesen schwachen Ausdruck, aber die Zeit eilt, ließ er sich von der Mannschaft seine Mauser C 96. Kal. 9 mm reichen, trank einen Schluck Rotwein, führte den Lauf der Mauser in die Mundhöhle und drückte den Abzug. Will sagen, das war ein Abgang, ein wenig appetitlicher, aber männlicher Abgang.
Die Schluckbeschwerden, alle psychosomatisch, ich weiß, das sagte auch Dr. Miller, nehmen zu und lassen sich durch den Willen nicht mehr dämpfen.
Ich brauche dringend Ablenkung und es wäre mir mehr als lieb, wenn Sie Ihre gewiß gravierenden Forschungen einen Augenblick unterbrechen könnten, um etwas zu unternehmen. Man könnte z. B. das reizende kleine Porno-Kino Aphrodite aufsuchen und –
Es war der Anblick jener Dame im Restaurant, deren Brüste beim Spargelessen so sichtbar wurden. Dieses Anblicks lange entwöhnt (genau vier Monate und zwei Tage) ist der kleine Auf-

ruhr in meinem Innersten wohl verständlich. Wenn die Natur, die wir sind, tatsächlich nach Zwecken handelt, dann sehe ich den Verlauf nicht ein, denn wozu jetzt, kurz vor dem Ende, diese Begierde; zumal ich Aurel werde bestechen müssen. Sie glauben nicht, welche Kapriolen finanzieller und psychischer Natur ich schon in Amerika unternehmen mußte, um meinen kleinen Liebling wenigstens hin und wieder klaglos zu besteigen . . .
Hinzu kommt, daß ich ein alter Mann bin und sich Aurel vor Krankheiten und Gebresten aller Art ekelt. Ich weiß nicht, wie Sie zur Idee stehen, ein Körperfitneß-Programm in Angriff zu nehmen? In jedem Fall werde ich mein Französisch aufpolieren und einen hiesigen Internisten konsultieren darüber, was die verbleibende Zeit betrifft, wie auch über ein Sanierungsprogramm, Vitalinjektionen, Hormonstatus, etc. ja, ich gäbe mich jedem Scharlatan mit pulverisierten Lammfoeten oder einem Medizinmann mit Rhinozerospulver bedenkenlos in die Hände, gäbe er mir für eine Woche die Kraft, die ich brauche.
Anbei eine kleine Liste von ein paar Dingen, die ich gern hätte –

1 Bräunungscreme für Gesicht und Hände
1 milde Körperlotion, aber herb!
1 Exemplar von Wimmer, Selbstschutz bei Krisen und Katastrophen, BRD 1981
1 Exemplar von Climax, aber bitte nichts Unnatürliches
2 Schuhspanner, bitte aus Holz und verstellbar*

* Die Schuhspanner können Sie später behalten – es gibt sehr schöne mit Messingeinlage und Messinggewinde!

Aus der Apotheke:
Eine Großpackung Gelusil-Lac, pulverförmig
1 × Frubienzym, 20er-Packung
1 × Aspirin
1 × Dogmatil oder einen anderen milden Stimmungsaufheller, falls ohne Rezept erhältlich.

Das wäre alles, mein lieber Freund. Es tut mir leid, daß ich Sie mit diesen Wünschen belästige, aber es geht mir wirklich elend. Glauben Sie, es gibt hier in Le B. ein verschwiegenes Waffengeschäft?
Für Ihre Arbeit wünsche ich ihnen alles erdenklich Gute. Der Ihre: Brant.

45

In meiner freien Zeit vertiefte ich mich mit Verve und desinfizierten Händen in das Buch eines gewissen Basorgia – Handbüchlein der Sterbehilfe –, und da stand, es seien bei einem Kranken zwei Vorgänge gleichzeitig zu beobachten: während sich die Seele allmählich unwiderruflich in den kranken Körper verwandele, werde der kranke Körper gleichzeitig vollständig psychisiert.
Das half mir wenig weiter.
Aber eines mußte ich zugeben: der Job gefiel mir. Ich hatte mein eigenes Zimmer und einen Fernsehapparat; Tina war niedlich und scharf, nur hatte ich durch die ungewohnte Arbeit keine Lust, die Libido war im Eimer.
Ich glaube, ich schätzte diese Arbeit, weil ich mich mit den Katastrophen anderer beschäftigen mußte; es handelte sich nicht um meine eigenen, höchst privaten, idiotisch subjektiven, selbst induzierten Desaster.
Dabei hatte ich anfangs eine panische Angst vor Ansteckung, Infektion, vor den Gerüchen und vor allem – vor dem gottverfluchten Jammer.
Wer sich leicht ekelt, sollte sich einen ruhigen Job als Sargpolierer suchen; ich ekelte mich leicht –. Der erfindungsreiche Kelp führte bald eine wesentliche Verbesserung ein – er präparierte mit Menthol getränkte Watteбällchen für die Nase. Man bekam auf die Dauer ein bißchen schwer Luft, aber dafür roch alles gleichförmig und aseptisch nach Menthol. Ich konnte mich den armen kranken Gesichtern ungeniert nähern (denn sie suchten alle die Nähe) und ohne jeden Ekel jene Zuwendung leisten, von der Zuhse so gern sprach.
Meine Kollegen und Kolleginnen (vor allem die gute Tina) merkten bald meine Herzlichkeit gegenüber den Kranken und meine Kaltblütigkeit angesichts ihrer Absonderungen und Ausscheidungen, und bald war ich der Spezialist für alle jenen schlimmen Fälle, die wegen des heiklen Verlaufs gemieden wurden, vor allem der Mundkrebs auf Zimmer 19, dem ich jeden Tag eine

halbe Stunde aus The Oxford Book of English Verse vorlas. Sein Lieblingsgedicht Upon Westminster Bridge konnte er nicht oft genug hören, bis auch er eines Tages sich davonmachte, wie die meisten.

46

In Nummer 18 lebte ein Narkoleptiker namens Lepsky, ein schwer Depressiver, den seine Mutter, offenbar wohlhabend, bei Zuhse interniert hatte. Ich plauderte oft mit Lepsky, einem Bild von Mann, über seine Krankheit.

Die Narkolepsie ist (nach Gélineau) eine Schlummersucht, eine Fähigkeit (wenn das eine Fähigkeit ist), anfallweise einzuschlafen – von einer Minute bis zu einer Viertelstunde, immer verbunden mit kataplektischen Störungen, also Schreckstarre und Tonusverlust, affektiv. Mir passierte es, sagte Lepsky, bei allen Gelegenheiten, bei denen Affekte im Spiel waren, deswegen habe ich mein ganzes Leben lang nicht eine einzige Konsequenz eines menschlichen Affekts bis zu seinem natürlichen Ende miterlebt. Beim ersten Kuß – Genuß-Schock, peng – Beine knickten ein, Lepsky stürzt nieder. Erster Coitus-Versuch, geplant als Experiment unter klinischen Bedingungen, Frau häßlich, Lepsky kühl bei der Sache, keine Erregung; Freund projiziert schmutziges Bild, bei Bild kopulierendes Paar, Schwäche, peng, aus – und das ging bei allen Affekten so. Lernte extra einen stillen Beruf, Buchhändler, wenig Affekte, sanftmütige Leser, affektlose Bücher, dachte Lepsky. Der Mensch, sagte Lepsky traurig, besteht aus Affekten und Affektlagen. Man kann sie nicht ausmerzen. Ich war so gut präpariert.

Ich verkaufe ein Reclambändchen an eine alte Dame, zähle die Punkte auf dem Rücken und sie riecht nach einem Verbenenparfüm, peng, Lepsky stürzt nieder und schläft seinen Schlaf.

Oder im Kino – ich sehe mir einen Tom & Jerry an, Tom klemmt seinen Schwanz ein, Jerry lacht, ich lache, ich sinke nieder auf den Schoß einer Dame, die mich mit ihrer Nagelfeile zu stechen anfängt.

Ich plauderte wirklich gern mit Lepsky, aber auf die Dauer waren seine Affekt-Katastrophen ein bißchen eintönig.

Nehmen Sie's als Lebenserleichterung, sagte ich als Amateurtherapeut, für Lebensängstliche ist das doch ein genialer Schutzmechanismus, man kann Sie eigentlich beneiden.

Lepsky sagte gekränkt, er könne das leider nicht so sehen.
Ich wollte mich schon so oft erhängen oder aus dem Fenster stürzen, sagte er zum Abschluß, aber kurz vorher gibt es den berühmten Blackout und ich finde mich wieder mit dem niedrigen Daueraffekt in einem Bett festgebunden.

47

Bei den weiblichen Kandidaten schlug mein idiotischer Blick ganz großartig an, besonders gut bei einer alten Dame, die allmählich an ihrem Gehirntumor einging. Meistens dämmerte sie sediert vor sich hin und umklammerte eine emaillierte Puderdose; beugte ich mich über sie, versuchte sie zu lächeln, aber das gelang immer erst, wenn ich ihr den Mund ausgewischt hatte.
Das ging in meiner privaten Mentholblase ausgezeichnet. Eines Tages fing sie an, sich zu schminken – um soviel Kraft zu haben, hatte sie ihre Dosis Tabletten nicht geschluckt – und lächelte mich an mit einem entsetzlichen Rosenmund, sehr pastos und mit verschmierten Zähnen. Das war an einem Mittwoch, am Donnerstag war die Expansion ihres Tumors beendet.
Ich fand eine enervierte Tina, wütend und bleich im Zimmer der alten Dame.
Sie hat sich wahrlich entspannt, sagte Tina, leider auch die Schließmuskeln.
Überlassen Sie mir das Zimmer, sagte ich.
Auch die Bettwäsche? fragte Tina.
Die auch, sagte ich.
Ich hatte Tinas Herz gewonnen, sie sah mich mit ihren gletscherblauen Augen an.
Sie sind sehr tapfer, sagte sie.
Danke, sagte ich bescheiden.
Auch Zuhse war mit der Entwicklung meiner Sterbehilfekompetenz sehr zufrieden und gab mir zwei heikle Fälle, nämlich einen Greis namens Muthesius, der sterben wollte und nicht konnte, und Herrn Lipkin, einen Schriftsteller, der sterben mußte, aber nicht wollte.
Beide hatten Magenkrebs, aber Muthesius ging es bei den Medikationen gleichmäßig gut, er vertrug seine Diät, während Lipkin sich mit Wut an seine schwindenden Energiereste klammerte.
Die Kachexie-Finale, sagte die routinierte Tina, also Auszehrung, allgemeiner Kräfteverfall, sind am häufigsten, aber Muthesius ist schon ein Sonderfall.

48

Ich schrieb an meinem Feature ›Geschichte des Projektils bis zum hüllenlosen Geschoß‹, als Dorothea mit dem Köter eintraf, einem feisten, üppig bepelzten Vieh, dessen Augen man nicht sah, weil schneeweiße Fransen (der klassische Komondor-Pony) über Stirn und Augen fielen.

Dorothea verzog sich in ihr kleines Studio (sie schrieb seit zwei Jahren an ihrer großen Diplomarbeit: Pestalozzi und Fröbel. Ein Vergleich.) und sagte, ich solle mich um den Hund kümmern.

Und mein Feature? fragte ich.

Wer bezahlt die Miete und die laufenden Kosten, fragte Dorothea. Meine Position war schwach.

Der Rassehund fraß Hundefutter, das gekocht werden mußte, und hin und wieder, für seine Nerven, mußte er Schweineherzragout bekommen.

Mein Martyrium begann. Der Hund erlitt eine Fixation, die vollständig auf mir lastete. Wo immer ich stand, saß, lag, ging, kurz, wo ich war, da war auch der Hund. Selbst die intimen Minuten auf dem Klosett vergällte er mir – schloß ich ab, warf er sich heulend wie ein Derwisch an die Tür. Wollte ich baden, saß Hermes (so hieß das Vieh, Besitz einer Antiquitätenhändlerin) auf der Klobrille und fixierte mich innig, d. h. ich konnte seinen Blick nicht sehen, aber ich mußte ihn fühlen.

Entschloß ich mich zu einem kleinen Clinch mit einer immer geistesabwesenden Dorothea, drängte sich der schwere Körper von Hermes aufs Bett. Um uns zum Einschlafen zu bewegen, gähnte er und seinem Maul entströmte das Odeur von halbverdauter Lunge oder Schweineherzragout. Schließlich mischte ich ihm Valium ins Futter, aber dieses beliebte Tonicum wirkte als Elixier. Wahrscheinlich stählte das Zeug seine Nerven.

Auf der Straße behielt er mich im Auge und verließ niemals meinen rechten Schenkel.

Beim Scheißen war er darauf angewiesen, daß ich ihn fixierte, sonst klappte es nicht und wenn es nicht klappte, fing er in der

Wohnung zu heulen an, und wenn Hermes heulte, konnte man nichts anderes tun.
Seine unablässigen Blicke machten mich so nervös, daß an Arbeit nicht zu denken war. Bei Dorothea im Bett war ich impotent.
Einmal kam meine Mutter nach B., um uns länger zu besuchen; aber Hermes ertrug ihren Geruch nicht, die baltische Aura, und versuchte sie zu beißen. Meine Mutter reiste gekränkt ab, und ich schenkte Hermes ein Schlafkissen und eine Extraration Schweineherzragout.

Eines Tages, im Suff, schnitt ich dem Komondor seine Ponyfransen ab; ein Entschluß und eine Tat, die ich sofort bereuen sollte. Hermes hatte tiefbraune Augen, die einen mit unendlichem Leid ansehen, nein, es war ein Leidensblick, der mit Mitleid gemischt war. Wir armen Schweine sitzen alle im gleichen Boot, hieß sein Blick, das war seine trübsinnige Botschaft.
Ich verabscheue Botschaften, gleichgültig ob auf Postkarten, im Kino oder in der Literatur, erhöhte die Dosis Valium und garnierte mit einem Schlafpulver. Hermes verfolgte mich nach wie vor, sein Blick wurde noch leidvoller.
Saß ich arglos auf der Ikeacouch und verfolgte den schwachsinnigen Fernseher, prompt legte Hermes seine flauschigen Vorderpfoten auf den Tisch und fixierte mich mit seinem Trauer-Blick. Als ich den Satz niederschrieb (für meine Arbeit über Projektile war ich noch immer im Jahre 1896) –
›der Gedanke, den Rückstoß der Waffe in Arbeitsleistung umzusetzen, bzw. zum Aufwerfen der Kammer, Ausschleudern der leeren Patronenhülse, Spannen der Schlagbolzenfeder, mit einem Wort zum Selbstladen nutzbar zu machen, ist –‹
sprang Hermes mit einem Satz auf meinen Schreibtisch (wahrscheinlich wollte er mich küssen), warf die Lampe herunter, die Birne ging kaputt, und während ich in der Dunkelheit bullshit schrie, gähnte mich Hermes kraftvoll an, um mich zum Einschlafen zu bewegen.
Der Hund oder ich, sagte ich zu Dorothea, trotz meiner schwachen Position.
Der Hund, sagte sie, liebt dich, das sieht man doch – und du behandelst ihn einfach mies. Er will doch nichts, außer ein bißchen Liebe und Zärtlichkeit. Eine Frau, fuhr sie fort, würdest du genauso behandeln, das ist mir klar geworden, dieser Fall ist ein Modell. Armer Hermes.
Wie wahr.
Ich packte meine Habseligkeiten und verließ eine triumphierende Dorothea und einen niedergedrückten Hermes. Gott sei Dank waren seine Haare über der Stirn nachgewachsen, so daß ich seinen letzten Blick nicht mehr sehen mußte.

Wir armen Schweine sitzen wirklich immer im gleichen Boot.
Meinen zweiten Satz zu dem Mauser-Thema fing ich in einer Kellerwohnung an, und er lautete: Zu den mit seltener Erfindungsgabe ausgezeichneten Männern, die in hervorragendem Maße zu Selbstladefrage beigetragen haben, gehört P. v. Mauser.‹

49

Für Klein-Katastrophen schlägt Wollheim die Möglichkeit einer sogenannten Facetten-Klassifikation vor, aber gerade bei den Doppelfacetten

Descriptor: FRAUEN UND HAUSTIERE

weiß man nicht recht, wie trügerisch das Licht der Facetten für das Auge des Beobachters ist. Man muß sich andere Klassifikationen ausdenken, die weniger bedenklich sind im Hinblick auf die Ereignisse.

50

Frauen und die Haustierhaltung.
Anna M. war Tieren gegenüber gleichgültig. Tochter hatte vor dem Auszug Meerschweinchen, kein näherer Kontakt, keine Verwicklung.
Magdalena hatte einen Basset, einäugig. Sprach mit dem Tier (das Gesine hieß) wie mit einem Menschen und verwechselte mitunter meinen Namen mit dem des Tieres, natürlich ohne jede böse Absicht. Ihre Zärtlichkeiten schüttete sie gleichmäßig über Hund und Liebhaber aus, als sie meine Ohren zu kneifen begann, fing der Bruch an. Im Bett mußte ich mit dem Tempo eines preisgekrönten Kaninchenbocks rammeln, weil sie Gesine nicht so lang allein lassen wollte. Natürliches Ende – die feiste Gesine wurde eines Tages überfahren und dann im Garten des Hinterhauses begraben.
Dorothea (die Reihenfolge ist jetzt gleichgültig) hatte den Rasseköter wahrscheinlich nur deswegen in Pension genommen (und vorher konditioniert), um auf diesem schmerzlosen Weg Schluß zu machen; soll mir recht sein. Ich hoffe nur, daß eine gnädige und gerechte Instanz (vielleicht im Büro für Panische Gerechtigkeit) Hermes auf die gute Dorothea fixiert hat.
Angelica hatte eine Schwäche für einen schwarzen, etwas gewalttätigen Kater, kastriert und daher verfettet. Sie hatte ihn, eine wahre Liebhaberin, an eine Diät aus Griesbrei mit Zimt gewöhnt, damit sie ihn auf die Schnauze küssen konnte, ohne die Störung durch Fischausdünstung. Orpheus (so hieß das Vieh, tatsächlich aus der Unterwelt) hatte die Gewohnheit, ab und zu in träumerischer Abwesenheit, gewissermaßen nebenbei, seine Krallen in meinen Schritt zu schlagen. Ich war sein bester Kratzbaum. Sah ich ihn, schlug ich mir wie eine Jungfrau die Hände vor den Genitalien zusammen. Ging nicht lange gut, zudem Angelica nach der ersten heißen Zeit ein bißchen nach Pipi Chat zu duften anfing. Derlei erträgt man nur in blinder Leidenschaft.

51

Bin mit den Nerven am Ende. Dogmatil wirkungslos. Fing mitten in der Nacht an, oder jedenfalls sehr früh. Wachte aus einem der üblichen Alpträume auf durch das Geräusch eines verrückten Weckers, sprang aus dem Bett, fiel über einen Stuhl und kroch zur Tür, hinter der das Ding endlos rasselte.
Tatsächlich stand im Flur ein Wecker aus Weißblech mit Zeigern aus schwarzem Metall: sechs Uhr morgens. Unter dem Wecker lag ein Brief Brants.
Ich packte Wecker und Brief, verschloß meine Tür und kroch betäubt wieder ins Bett.
Den Brief las ich um ca. 9 h, im Morgenrock am Fenster mit Flußblick. Es würde ein heißer Tag werden, die Luft flimmerte über dem Fluß.

Mein lieber Kelp, schrieb Brant – er hatte seine Olympia benutzt –, ich kann nicht mehr so leben, ich muß ans Meer, lassen Sie uns um Himmels willen eine Tour ans Meer machen. Ich würde gern meinem Herzenswunsch folgen und noch einmal Biarritz und St. Jean de Luz sehen. Nehmen Sie bitte den Photoapparat mit. Ich bin wieder aphon. Machen Sie bitte ein paar schmeichelhafte Photographien, Porträtphotographien. In vier Tagen trifft Aurel ein. Mein linkes Profil ist weit photogener als mein rechtes. Unterwegs sollten wir eine Apotheke aufsuchen und ein paar Stärkungsmittel einnehmen. Als Sonnenöl bevorzuge ich Aramis Deep Broncing, Schutzfaktor vier.
Heute werde ich, nein, heute bin ich Sechzig geworden, wie schnell die Zeit verrann! Zu denken, daß ich nur noch Monate habe, geht über meine Kraft. Sie müssen mir in die Hand versprechen, mein einziger Freund, mir beim Sterben kompetent behilflich zu sein.
Hoffentlich kommen Sie mit ihrer zeitraubenden Arbeit voran, weiß ich doch selbst am besten, wie schwierig und ermüdend die erinnernde Totalrückschau auf alle Niederungen des Lebens sein kann.

Seit unserem Restaurantbesuch sind wieder Anfechtungen da, die mich heimsuchen und enervieren. Ich las Koty und es half nicht, ich las in den Confessiones des Hl. Augustinus, der ähnliche Probleme hatte, und es half nicht, und nun frage ich Sie als Mann: ist das normal? Einen Todkranken sollten in der Tat andere Gedanken heimsuchen, würdigere!
Man muß die Sache rational sehen. Wir müssen einen Test machen. Ich war noch nie in einem Pornofilm – sollte mein alternder Organismus eine wie auch immer geartete Reaktion zeigen – und man wird ja merken, ob ein natürlicher Widerwille beigemischt ist, dann will ich mich den goldenen Regeln der Natur beugen und mich in mein Schicksal fügen.
Wir müssen einen Juwelier aufsuchen, Aurel liebt Schmuck, und tragischerweise habe ich sie während der Amerikanischen Tournee allzu selten mit Preziosen bestochen, was mich viel Vergnügen gekostet hat. Aber jetzt will ich investieren. Sie liebt Rubine, Smaragde, Opale und auch Turmalin.
Alter Schmuck wäre auch nicht schlecht, paßte vor allem zu ihrem zarten, milchigen Teint. Aurel hat volle, sinnliche, überrote Lippen und diesen unter Kennern berühmten winzigen Einschnitt in der Mitte der Unterlippe, der höchste Freuden der Liebe verheißt. Wie es im Kamasutra in dem Kapitel Tropfender Stein unter der Liane heißt – in jedem Fall sollten wir dieses Experiment auf meine Kosten wagen.
Draußen fing ein Vogel sein mechanisches blechernes Geplärre an, bald war es ein Konzert, so gut oder so schlecht wie irgendetwas anderes in der modernen Musik. Schloß das Fenster.
Täglich geschehen, bei Gott, Großkatastrophen, Feuersbrünste, Vulkanausbrüche, Überschwemmungen, regionale Kriege, in denen die Waffen-High Tech der befreundeten Industrienationen ausprobiert werden, Unfälle etc., und ich, ich klage, wenngleich ohne Tränen, über mein trübes Schicksal. Wissen Sie, daß in den Großstädten die Verbreitung von Asbest-Partikeln potenziert – wie ich schon schrieb, klaglos, ich beschwere mich ja nicht, nein, ich untersuche nur, sachlich und, wie ich hoffe,

unvoreingenommen, wie es zu dieser meiner Katastrophe kommen konnte und wie groß mein Anteil objektiver oder subjektiver Schuld ist.
Ich mache eine Rechnung auf.
Um auf Ihren Freund Venn zurückzukommen, so ist und war als Mensch nichts gegen ihn einzuwenden. Vielleicht fehlte ihm ein bißchen Menschen-Sympathie, jener kleine Zug von Philanthropismus, der uns als Menschen erst vollständig macht; vielleicht war sein Blick ein klein wenig zu klinisch bei der Verfolgung seiner Ziele . . .
Seine Theorien, das muß nachträglich gesagt werden, waren alle obskur und getragen von einem gewissen Eklektizismus und gespeist von diesem zynischen Humor, der mir so sehr mißfiel. Venn war ein Mensch ohne Moral, ohne Skrupel und daher ohne Würde. Das einzige, was ihn wirklich interessierte, das waren Frauen und das Geld.
Wieviel Unglück ich ihm zu verdanken habe, zeigt mein beklagenswerter Zustand am deutlichsten. Aber ich bin selbst schuld. Ich fiel bei diesem Annoncentext auf einen Ausdruck herein, aus Gründen der Konkurrenz, ich gebe es freimütig zu, auf den Ausdruck ›Sinndefizit‹.

Nach St. Jean de Luz fährt man, glaube ich, vier Stunden, wenn man nicht schneller fährt als 70 km/h. Lassen Sie uns, lieber Kelp, diesen Tag zu einem Fest machen (ein großzügiges Geschenk liegt für Sie bereit) und während dieser Tour ans ewig beruhigende Meer, dieser wahren Mutter, die uns da säugt an ihren Brüsten der Gezeiten (ein kühnes Bild, ich weiß), nichtsdestoweniger – lassen Sie uns mit allen Kräften des Geistes, der Seele und des Körpers die Zeit nutzen, bis zu ihrer letzten Reserve, die mein letzter Atemzug hinieden sein wird.
Wissen Sie, daß ich zu beten angefangen habe? Gewiß keine bedeutenden Gebete, aber wenn es einen Gott gibt, wird er zuhören müssen, ob er will oder nicht. Auch bei ihm beklage ich mich nicht – es gab weit schlimmere Schicksale, Widrigkeiten und andere Kalamitäten im Haus des Seins (an dieser Stelle wurde

mir klar, daß Brants Brief-Stil inspiriert war durch Alkohol) und am Schilf des Verderbens, als das meine, dessen Format vergleichsweise bescheiden ist, wenn ich auch mit Nachdruck hinzufügen muß.
In Ihren Verlustträumen, mein lieber Kelp, in diesen schwarzen Labyrinthen, geistert auch bei Ihnen der Name einer Frau, nämlich der dieser ominösen Anna-M. – Sie machen mir nichts vor, Kelp, ich bin ein guter Psychologe, ohne das Positive wäre ich ein noch größerer geworden, dies nebenbei –, Sie sind tief unglücklich, auch wenn Sie es nicht zeigen, ja die Tatsache, daß Sie es nicht zeigen, zeigt mit lupenreiner Logik, daß Sie es sind, was immer Sie sein mögen! Auch ihr Freund und Compagnon Kelp war tief unglücklich, und was Sie beide miteinander teilten (außer den wenigen, ebenso unglücklichen Frauen), war Ihr Unglück der Lebensunfähigkeit, einer dispositionellen und konstitutionellen (die langen Wörter fallen mir schwer und schwer-er) Lebensuntüchtigkeit und einer –.
Ich muß abbrechen. Mündlich weiter.
Das schlimmste ist – ich habe meinen Glauben an das Gute, Wahre, Positive und – verloren, ja verloren, wie wir alles verlieren werden, hier und auch immerdar. Ich werde Aurel auf den Knien des Märtyrers begrüßen, mit den klangvollen Modulationen und Schreien ja Schreien des niedergestreckten Fauns, Amen.
Brant.

Ich ließ Brant seinen Rausch ausschlafen und besorgte in der Rue Lebel in einer Parfumerie –
die Verkäuferin hatte riesige, braune Augen und sehr große, elastische Brüste, die bei jedem Handgriff wackelten. Sie trug einen engen Rock, und als sie sich bückte (mein Geschenk für Brant, ein Necessaire aus Juchtenleder) konnte ich ihren stattlichen Venushügel unter ihrem roten Höschen sehen, den geliebten Mons Pub. Ich zahlte besinnungslos, und sie lächelte und entblößte dabei zwei vorstehende Zähne, kariös, aber was machte das, ein steifer Schwanz kennt kein Zartgefühl, wie der göttliche Marquis ganz richtig sagte, und das Ästhetische ist auch egal.

Fand plötzlich Brants Plan mit dem Pornokinobesuch ganz ausgezeichnet.
Es war wieder Markt, und ich kaufte Brant einen lebendigen Hummer, der seine Scheren nach mir ausgestreckt hatte.
Ging dann zurück zum Hotel und besuchte Brant.

52

Brant saß präpariert am Fenster, gebadet, rasiert, in seinem allerbesten Anzug, hatte ein weißes Button Down-Hemd an, zwischen Hemd und Weste blühte eine große, mauvefarbene florentinische Krawatte aus Seide.
Haben Sie Dank für Ihren voluminösen Brief, sagte ich, selten wurde auf so wenig Raum so viel Wahres auf einmal derart unnachahmlich gesagt – Stil und Verve, diese zivilisierte Melancholie sind hinreißend – und dann gab ich ihm meine beiden Geschenke, eingehüllt in Silberfolie.

Brant packte das Necessaire aus und fing abrupt zu weinen an, während die Silberfolie zu Boden sank.
Na, na, sagte ich begütigend und tätschelte seine Schulter, dient der Hygiene und der Schönheit, kein Grund, zu weinen. Hoffentlich habe ich Ihren Geschmack getroffen.
Schon gut, sagte Brant, ich war einen Augenblick gerührt. Das nennt man Verständnis, mein Freund.
Ein Glas Champagner?
Während ich den Veuve Cliquot öffnete, entdeckte Brant den Hummer.
Ja der lebt ja noch, rief Brant und ging ins Badezimmer, um Wasser in die Wanne einzulassen. Als die Wanne halbvoll war, schüttete Brant eine Prise Salz hinein (Hummer, sagte er, sind Meerestiere), und dann tranken wir, wieder im Salon, von dem Veuve Cliquot aus einem glücklicheren Jahr. Wir tranken auf die Gesundheit (genau vor vier Jahren hatte Brant seinen berühmten Vortrag ›Health and Democracy‹ in Washington D.C. gehalten), wir tranken auf die Frauen, und Brant trank noch einmal extra auf seine vereitelten Kinderwünsche.
Irgendwann fiel uns nichts mehr ein, auf das wir hätten trinken können, und so tranken wir einfach so, bis wir bei der dritten Flasche angelangt waren.
Bei der vierten Flasche vom geliebten Veuve überreichte mir Brant ein kleines, aber schweres Päckchen, eingewickelt in Seidenpapier.

Es war eine kleine Mauserpistole, naiv und brüniert, kal. 6.35, Gewicht ca. 300 Gramm, mit einem Magazin für sechs Patronen. Aus dem Besitz meines Vaters, sagte Brant zu meinem ratlosen Blick, der sich immer gern gegen alle Eventualitäten absicherte. Für den Fall der Fälle sozusagen, gefällt sie Ihnen?
Hübsches Ding, sagte ich, aber bei einem freihändigen Schießen wird man wahrscheinlich nur miese Resultate erzielen. Die kleine Westentaschen-Mauser ist eine Waffe für Opfer, die schlafen oder sowieso hilflose Personen sind.
Tatsächlich, sagte Brant, warum?
Weil man, sagte ich, um nicht daneben zu schießen, den Lauf direkt aufsetzen sollte; der Gebrauch am Mann auf Entfernung ist auszuschließen. Eine Salonwaffe, die Waffe für den Eifersüchtigen, wenn die Flagrantisituation in ihre Schlafphase übergegangen ist.
Wir gingen ins Badezimmer, um den Hummer in der Badewanne zu beobachten. Schien sich ganz wohl zu fühlen und schwamm langsam, aber rastlos hin und her.
Könnten Sie auf einen Menschen schießen, fragte Brant, ich meine in einer prekären Situation?
Prekär – für wen, fragte ich.
Fürs Opfer natürlich, sagte Brant und grinste. Dann schwiegen wir und beobachteten durch das Salonfenster den Regen, die Regenwolken, etc.
Wie ging die Geschichte mit den beiden Moribunden zu Ende, fragte Brant, damals, in Ihrer Sterbehilfeklinik von Professor Zuhse?

53

Meine inneren Harmonien bei der ordentlichen Arbeit im Haus Servus wurden damals ein wenig dadurch erschüttert, daß ich mich in einem kleinen Dilemma befand, für das ich nicht gerüstet war. Basorgias Handbüchlein half nicht weiter, und auch Pretzels Sterben – leicht gemacht, versagte bei diesen Fällen.

Muthesius hatte sich aufgegeben, das Reflexivum ist an diesem Ort ein bißchen zweifelhaft, ich weiß, aber sein Körper dachte nicht daran, aufzugeben, während Lipkins geschundener Körper längst aufgegeben hatte, aber nicht Lipkins Geist oder alter Ego, oder was immer diesen Organismus so nachhaltig zum leben, besser vegetieren zwang.

Muthesius wollte sterben, Lipkin wollte leben, und bei diesen Absichten sollte ich ihnen helfen.

Wieder half mir meine Anpassungsfähigkeit. Ich besuchte sie jeden Tag, räumte die Scheiße weg, gab ihnen die Tabletten, spülte ihre Mundräume, was Lipkin gern geschehen ließ (es passierte etwas), immer voller Verachtung fixiert von seinem Bettnachbarn Muthesius.

Aktive Sterbehilfe hatte ich noch nie geleistet, und der Gedanke daran war genauso schwer wie der, für Lipkin aktive Lebenshilfe zu leisten, die ja immer nur in diesen fahrlässigen und lügenhaften Trost-Propositionen bestand.

Ich ließ die beiden auseinanderlegen, und auf gewisse Weise war ich danach das Muthesius-Problem los. Nach der ersten Nacht im Einzelzimmer war er tot, friedlich abgegangen, wie Zuhse sagte.

Tina war auch zufrieden, weil Muthesius sich nicht wesentlich gelockert hatte.

Lipkin vermißte seinen Leidensgenossen, ein Verlust war passiert, ein Grund fehlte – Lipkin versöhnte seinen maroden Körper mit seinem widerstandsfähigen Geist, und als sich alle einig waren, starben sie; aber Lipkin sah unversöhnt aus und hatte, wie Zuhse sagte, wohl keinen so friedlichen Abgang und hinterließ nichts als einen kleinen braunen Fleck auf dem Laken und

den Geruch von Ajax im Zimmer. Im Sterilraum standen die Betten Lipkins und Muthesius' nebeneinander.
Das Unheil nahm seinen vorherbestimmten Lauf an einem Sonntagabend; ich hatte Nachtdienst und hatte mir in der Bildermaschine Buñuels Das verbrecherische Leben des Archibaldo de la Cruz angesehen, war also guter Dinge und recht heiter.
Meine Instruktionen hatte ich, Tina pennte in ihrem Zimmer, bekleidet mit einem hauchdünnen Slip, wie ich wußte (sie benahm sich mir gegenüber schwesterlich ungeniert), und ich machte meine Runde.
Nie werde ich die vielen verschiedenen Atemgeräusche vergessen. In allen Zimmern brannte an der Decke ein mildes violettes Licht, ein genialer Einfall von Zuhse.
Ob konfessionell gebunden oder nicht, das sagte Zuhse bei seinen Mittwochsvorträgen, ob Atheist oder Agnostiker, ob katholisch oder evangelisch, Moslem oder Schiit, Jude oder Christ, nicht wahr – fällt der Blick des Abgängers auf dieses schöne und magische Licht, erfüllt Trost sein Herz, er richtet seine Gedanken auf das Nächstliegende, will sagen: auf das Sterben, und wird durch diesen Anblick tonisiert. Das ist wissenschaftlich und empirisch abgesichert.
Weiß nicht, ob das stimmte. Sah einen Toten, dessen Blick in panischer Angst an diesem numinosen Licht hing, oder aber ich interpretierte den Reflex des magischen Lichtes in seiner toten Pupille falsch.
In Zimmer 20 lag Herr Verchin, seit zwei Jahren im Koma, neben sich seine strickende Frau, die jeden Tag kam und mitunter auch in seinem Zimmer auf einer Liege schlief. Sie hatte schon vierundzwanzig Pullover gestrickt. Was wird es diesmal, fragte ich.
Ein Angorapullunder für meine Tochter, sagte Frau Verchin.
Und wie geht es Ihrem Mann, fragte ich. Verchin lag nicht am Tropf, mußte aber künstlich ernährt werden.
Manchmal, sagte Frau Verchin über ihrem Strickzeug, denke ich, daß er mich nicht mehr erkennt. Wenn ich seine Wangen streichle, fixiert er unbewegt einen Punkt. Ich glaube, er hält sich für tot.
Aber für Sie lebt er doch noch, sagte ich.

Das weiß ich nicht, sagte Frau Verchin und strickte behende weiter. Ich fürchte, ich käme auch dann hierher in die Klinik, wenn er tot wäre. Das Sterberitual dauert ein bißchen zu lange. Für meine Tochter ist er gestorben, sie hat sich dazu entschlossen. Als Lebender hat er ja auch nie viel gesprochen, aber er war auf andere Weise präsent. Jetzt ist er gewissermaßen doppelt präsent – er schweigt und sein Körper schweigt und allmählich empfinde ich dieses Schweigen als Mißbilligung.
Sie fing an zu weinen und ich holte ihre Lieblingspralinen.
In Zimmer 24 lag ein Lungenkrebs im Finalstadium, schwer sediert, ein junges Mädchen, nicht älter als vierundzwanzig.
In die hatte ich mich in meiner Sentimentalität etwas verliebt und unterhielt das matte arme Ding durch Jenseitsgespräche, wie schön es drüben sei, welche Blumen wuchsen und wie der präventive Gott schon alles richten würde.
Ich glaube, sie glaubte mir kein Wort, aber immer wenn ich erschien, packte sie meine Hand und ich mußte diesen Unsinn plappern, bis sie lächeln konnte. In der Nacht lag Katharina stumm auf dem Rücken, das hübsche Gesicht illuminiert von Zuhses heiligem violetten Feuer.
Sie schluckte brav ihre Tabletten, und als ich ihren Kopf stützte, ließ sie mich nicht los, sondern versuchte, mich mit aller Kraft zu umarmen. Ihre Atemzüge an meinem rechten Ohr waren so laut wie ein Orgelakkord.
Dann nahm sie meine Hand und legte sie auf ihre kleinen Brüste, die nur noch aus den Warzen bestanden, preßte meine Handfläche auf ihren Schoß und bat mich mit winziger Stimme, sie zu küssen. Das tat ich sehr keusch. Sie schmeckte nach der Tablettensäure. Ich legte sie sanft zurück und sie fing hoffnungslos zu weinen an, bis mich das Elend natürlich überwältigte und ich meinem bedingten Reflex gehorchen mußte.
Ab der Nacht weinten wir immer zusammen, auch wenn der Anlaß des Weinens immer diffus blieb, denn wer weinte denn unisono worüber?
Ich vernachlässigte meine anderen Fälle und kümmerte mich nur noch um Katharina, 32 Kilo inzwischen.

Der Mechanismus war immer der gleiche. Ich hielt ihre Hand und wir schauten uns in die Augen (die übrigens grüngrau waren). Das war immer das verabredete Zeichen zum Weinen. Sahen wir uns auch nicht in die Augen, so wußten wir doch, kraft des Mechanismus, daß wir uns, um zu weinen, gleich in die Augen schauen würden, eben weil wir einen Augenblick versäumt hatten, uns in die Augen zu sehen; jedenfalls war ich eine schädliche Droge für sie, weil diese Anfälle sie noch schwächer machten, so daß man sagen kann, ich hätte sie durch meine Trauerkonditionierung umgebracht.
Ich besiegte meine Rührung; um wieder meine alte Sterbekompetenz zu kriegen, stöpselte ich meine Nasenlöcher mit den Mentholkugeln und benahm mich beim Leeren der Bettpfannen und der Beseitigung anderer Scheiße funktionstüchtig wie ein Skinner-Modell, bis ich wieder den wohlwollenden Blick Zuhses auf mir fühlte.
Zwei Tage später mußte Katharina an den Tropf, am dritten Tag war sie tot. Man kann auch zu kompetent sein.
Das unaufhörliche Sterben nahm mich doch mit, d. h. meine Konsensfreudigkeit wurde wesentlich gedämpft, was allerdings eine befördernde Wirkung auf meine Libido zur Folge hatte.
Dafür war ich angemessen dankbar, erstickte alle Reflexe des Mitleids und sagte mir, sollen doch die Toten ihre Toten begraben, wurde von Professor Zuhse bei einem nächtlichen Alleingang erwischt, als ich gerade in einer Patiententoilette meine Lebensenergien in Tina pumpte, eilig und im Stehen, und damit war mein Gastspiel in der Sterbeklinik des Prof. Zuhse ein für allemal beendet.

54

Nach dieser Episode schlich ich psychisiert und genitalisiert durch die Gegend, eine neue Frau nicht in Sicht und eine wirklich Gesunde Geschäftsidee einer Generalsanierung außer Reichweite.

MUTHESIUS und die NEKROPOLE.

55

Unsere Exkursion fing an einem regnerischen Donnerstag an. Ich betete, es möchten keine Frösche ihre Pilgerzüge unternehmen. Wir beschlossen, zuerst nach Bordeaux und dann bis Arcachon (Austern) und von Arcachon über Bayonne und Biarritz bis St. Jean de Luz zu fahren.
In einer Kühltasche nahmen wir eine Flasche Champagner, zwei Gläser, eine große Dose Gras de Foie mit uns, samt den unerläßlichen präventiven brantschen Palliativa, Gelusil Lac, Frubienzym und natürlich Aspirin.
Ich kenne, sagte Brant, diese Gegend wie meine Westentasche. Ich schlage vor, wir speisen in einem der kleinen Restaurants mit Gartenanlage, vielleicht in Domme oder Sarlat – nein, das wäre ein Umweg. Wir wollen ja zum Meer.
Die Sache mit der Nahrungszufuhr war im Augenblick in einer heiklen, jederzeit kipp-bereiten Balance. Wir empfanden keinen Ekel mehr vor fester Nahrung, vor allem Fleisch, aber wir pflegten gewissermaßen eine passive Resistenz.
Suppen vertrugen wir großartig, die weichen Partikel von einer guten Gras de Foie auch; aber Brant mußte würgen, wenn er an ein Menü mit acht Gängen dachte, und mir war auch nicht wohl dabei; und wenn wir an das Schlingen, das Kauen und das Schlucken dachten, an das Verdauen und die Riesenmenge Scheiße, die durch das Essen und das Verdauen entstand, mußten wir immer einen Pastis trinken, bis der Ekel-Anfall wieder vorbei war.
Kurz nach Libourne verlor Brant seine Stimme. Ich hielt am Straßenrand und machte den Veuve-Cliquot auf. Die kostbare Flüssigkeit half nichts.
Ich griff zum ältesten Trick, den wir kannten, und erzählte ihm eine komische Geschichte, wobei ich ihm die Wahl des Themas überließ.
Liebe, schrieb der Kranke auf einen Zettel.
Herrje, Liebe, sagte ich, meinetwegen.
Mit Anna-M. war's zuerst eine richtige Liebesgeschichte, wie

man sie in irreführenden Romanen lesen kann. Es herrschte soviel Glück, daß wir uns auf der Stelle hätten ermorden müssen. Jeder Kuß war wie ein Schlag auf den Schädel, und die Organe benahmen sich verflucht einverständig, als seien wir ein Puzzle aus Fleisch. Streckte sie nur ihre Zungenspitze aus dem Mund, ging ich groggy in meine Ecke des Rings. Die Harmonien zwischen den Nervensystemen, Blutgefäßen, Epithelzellen, Follikel-Enden und den Schleimhäuten war so groß, daß wir kaum sprachen.

Wir zapften uns soviel psychische Energien ab, einer an des anderen Tropf, daß wir kaum noch bluteten. Ersparen Sie mir weitere Details dieses einmaligen Glücks mit Anna-M.

Was ging schief? fragte Brant – er war wieder bei Stimme.

Guter Trick, sagte ich, wissen Sie, es lag an mir – ich konnte nicht loslassen, und meine rückgewandte Eifersucht, zusammengespannt mit meiner fatalen Prädisposition zum Niederlagenstrazzi (und jede Niederlage persönlich gefinkelt) antizipierte selbstverständlich, daß diese L-Geschichte schiefgehen mußte.

Aber bitte doch ausführlicher, sagte Brant und lehnte sich befriedigt zurück.

Ich folgte ihr, sagte ich und wünschte mir stoische Ruhe, gehorsam und zärtlich wie ein Hündchen, verlangte Küßchen und stete, unaufhörliche, schmelzende Umarmungen zu jeder Tages- und Nachtzeit. Am liebsten wäre ich ihr auf den Topf gefolgt und hätte sie abgewischt, eine ihrer Brustwarzen zärtlich zwischen den Lippen. An Arbeit war natürlich nicht zu denken. Das Leben der Liebenden ist unstrukturiert, sozusagen das Reine Chaos.

Sie schrieb eine Arbeit über Souveränitätstheorien, sie war ja eine intellektuell von mir unbefriedigte Intellektuelle, und das war die Crux; das und das Geld.

Ganz wunderbar, sagte Brant heiter und erlaubte mir sogar, zu rauchen.

Für mich Idioten blieb die Zeit stehen (sie nannte das die tote Zeit), und sie fing rigoros mit ihren Abwesenheiten an, physischen und psychischen. War sie anwesend, war sie abwesend,

denn ich durfte sie nicht mehr berühren. Ihre Kräfte nahmen durch Distanz zu, meine verschwanden.
Meine Energien wurden gespeist durch Berührungen, Hautkontakt, ich benahm mich noch immer wie ein Hündchen, das den Verlust seiner Herrin beklagt, auf der Grabplatte hockt und heult.
In der Zeit fing ich an, das Larmoyante Tagebuch zu schreiben. Ich kann jetzt noch wörtlich zitieren, nur damit Sie den Tonfall mitkriegen . . .
(Aber bitte doch, sagte Brant.)
Sie trug ein weißes Strickkleid, ohne BH. Leicht und schnell gegessen (es handelt sich um eine Urlaubssituation in Florenz), Begierde nahm zu. Beinahe schmerzhaft erigiert. Glotzte ihr schönes gleichgültiges Gesicht an. Aus einem Florenzführer vorgelesen, Kehle trocken. Anna starkes Verlangen nach Bier, ich starkes Verlangen nach Anna. Aber immer noch Hoffnung, Mutter der Idioten. Das übliche Niederlagen-Vorgefühl fehlte gänzlich, typisch für einen chaotischen Menschen, der es besser wissen müßte.
Zu Bett gegangen, sie zuerst, aber angezogen, während der Idiot ins Bad ging, duschte und die Fresse mit dem Abendschatten rasierte.
Im Slip nach oben, das Zelt des Eroberers.
Anna setzte sich zum Hündchen und sagte nach dem ersten systolenreichen Liebesgriff: Nein, du Idiot, ich habe keine Lust zu vögeln.
Nur meine wunderbare Anpassungsfähigkeit, mein eiserner Wille zum Konsens etc. bewahrte mich vor einer nicht souveränen Reaktion.
Duschte noch mehrmals kalt und trank dann auf dem Balkon des Hotels ein paar Grappe, die Hoffnung und Begierde, das blöde Pärchen, einschläferten.

Mit Aurel, sagte Brant, war es sehr ähnlich, aber natürlich absolut anders. Man kann nicht sagen, daß sie eine Intellektuelle war, o das war sie bestimmt nicht. Ich höre solche Geschichten, fiaskoreiche, sehr gern. Sie beruhigen mich und lenken wirklich ab. Ich hoffe, Sie haben keinen versöhnlichen Schluß in petto.

Hatte ich nicht.

56

Auf dieser Exkursion merkte ich, daß mit meinem Gedächtnis, besser meinem Erinnerungs-Vermögen etwas in Unordnung war. Ich konnte mich an alles komplett erinnern, die richtigen, zutreffenden und wahren Reihen-Folgen waren mir abhanden gekommen. Wir tranken behutsam von unserem Champagner und näherten uns mit fünfzig Stundenkilometern Arcachon.
Alkohol nivelliert nicht nur Unterhaltungen, reizt Leber und Nerven oder verwandelt einen in einen Cretin, nein, Alkohol setzt auch den Katastrophen-Sinn herab; aber eine Verminderung von Sensibilität ist für unsereinen allemal ein Gewinn, so daß ich mir tatsächlich keinen einzigen, noch so vagen Präventiv-Gedanken machte.
Auch Brants Synapsen waren nicht in Ordnung – kaum hatte er ein Thema, so ließ er es unversehens fallen oder stieß sich kraftvoll von diesem ersten Thema ab, usw.
Ich weiß nicht, sagte Brant, wie heroisch ich bin, wenn es ans Sterben geht.
Blendende Wolken tauchten auf mit milchweißen Rändern und silbernen Rauten.
Hinter uns erschien eine riesige Limousine, ein de Soto 57, stahlblau, der so bedrohlich wirkte, daß ich ängstlich auf dem rechten Rasenstreifen fuhr. Brant merkte nichts, sondern extemporierte mit einem gewissen Genuß sein Sterbe-Thema.
Glücklich ist der, der stirbt, bevor er den Tod gefunden hat, sagte ich leichthin, das habe Bacon gesagt.
Jaja, sagte Brant zerstreut, Bacon, so, nein, ich dachte an den traurigen Spruch von Molière: Man stirbt nur einmal und für so lange.
Hübsch gesagt, sagte ich, während uns der de Soto im Schneckentempo überholte.
Im Endeffekt, sagte Brant, wird Péguy recht behalten, der sagte: Wenn ein Mensch stirbt, stirbt er nicht nur an der Krankheit, die er hat, er stirbt an seinem ganzen Leben.
Und so wird es sein, womit wieder die alte Frage der Fehlerquo-

ten und ihrer systematischen Vermeidbarkeit aufscheint, pardon, sich stellt.
Haben Sie einen Lieblingsspruch oder eine andere Sentenz für Ihr Sterben?
Wie finden Sie übrigens die kleine Mauser?
Ich sagte, ich hätte keine besonderen Vorlieben, aber Franklins Seufzer sei der beste – in dieser Welt gibt es nichts Sicheres als den Tod und die Steuern.
Ich glaube, Brant wollte in dem Augenblick ein melancholisches Wie Wahr herausbringen, aber er war schon wieder aphon und suchte in seinem Zettelhandapparat.
Leider hatten wir vergessen, neue Zettel für die neuen Reisebedingungen herzustellen. Mein armes Schäfchen förderte nur den alten Kosmos zutage und reichte mir Zettel No. 3 (das Klopapier taugt nichts, zu hart), ehe er über Zettel No. 10 – das war der irreführende Doppelzettel (unterlassen Sie sofort das Rauchen! aber auch: erzählen Sie bitte von Ihren Niederlagen) zu Zettel No. 5 kam – bitte erzählen Sie mir eine heitere Geschichte.
Ich hatte keine Lust, vergaß, daß er aphon war und fragte, ob es für ihn so etwas wie ein positives Initialerlebnis gegeben habe, ähnlich den berühmten Gotteserlebnissen und dem sog. Ruf der Quäker. Prompt reichte mir Brant Zettel No. 2 (ich muß austreten).

57

Gottlob war mein Kranker in Arcachon wieder positiv und auch bei Stimme. Wir fanden an der Corniche ein schönes Restaurant. Wir saßen natürlich nicht draußen, auf der Straße unter den Begonien, und wir hatten natürlich ein Dictionnaire mit uns, so daß vergangene Unfälle nicht wiederholt werden konnten. Außerdem wußten wir, was wir in Arcachon zu uns nehmen wollten und bestellten daher Hûitres und dazu einen extrem trockenen Chablis.

Ich muß Ihnen ein Geständnis machen, sagte Brant, das sogenannte Positive, das, was Sie eine Gesunde Geschäftsidee nennen, faßte ich, als ich bemerken mußte, daß ich kein Romancier war. Ja, ich wollte unbedingt Schriftsteller werden, aber mein Talent reichte entschieden nicht.

Sitzfleisch und Talent, sagte ich, bei mir hat's auch nicht gereicht.

Die Austern kamen auf einer riesigen Schüssel mit Eis, gestampft, garniert mit Algen und einer vereinsamten Seeanemone, die schon leicht verblüht war. Der Chablis leuchtete in Gläsern und wir tranken feierlich auf ein würdevolles Sterben.

Es ist gar nicht schwer, sagte Brant und löste das erste schleimige Tierchen aus der Schale und steckte es in den Mund und spülte die Masse mit einem Schluck Chablis geschmeidig in seinen maroden Kanal.

Die Situation wäre so – ich liege betäubt, aber guten Mutes in meinem Bett oder auf dem Stuhl im Hotelzimmer mit der losen Lehne, und Sie treten hinter mich und jagen so ein kleines Projektil in meine Schläfe – peng, aus, der gute Brant und das Positive existieren nicht mehr.

Muß das sein, fragte ich, der Aufwand und der Lärm seien mir zu groß, ob er nicht zur bewährten Injektion mit 3 ccm Luft in die Armvene greifen wolle?

Mein totgeweihtes Schäfchen (sein Status in Arcachon) lehnte diese Methode ab; die Zeit bis zum Pfropf sei nicht berechenbar und der Schmerz nicht kalkulierbar.

Man muß den Dingen ihren Lauf lassen, sagte ich. Die neunte

Auster glitt auf ihren winzigen Schleimkügelchen meine Kehle hinunter.
Die Auster, sagte ich heiter, um ihn von meiner Beteiligung an der aktiven Sterbehilfe durch die Mauser abzulenken, ernährt sich durch faulende organische Substanzen, ihr schwacher Punkt ist der Schließmuskel.
Zur positiven Lebenshilfe, sagte Brant nach seiner neunzehnten Auster, kam ich durch den Satz eines modernen Philosophen, der hieß, Moment, ich glaube Roorlos oder so ähnlich (tut wirklich nichts zur Sache), und der sagte, ich zitiere: Die Konservative Position zieht aus dem Zusammenbruch der sinnvermittelnden Systeme die Konklusion, daß der Religion die Aufgabe geistiger Führung zufällt.
Dieser Satz hat mir eingeleuchtet, ich stellte den Satz ein bißchen um, ließ die Religion fallen und ersetzte sie durch etwas mir Gemäßeres und mein System war fertig – wovon ernähren sich Austern?
Brant sah bleich aus. Er schwitzte, er war kurz vor einem seiner Würgeanfälle, während Auster Numero 22 auf seiner geschmeidigen Zunge ruhte.

58

Auf der Rückfahrt saß ein sehr bedrückter Brant im Fond, ein Taschentuch vor den Lippen, sichtlich geschwächt und voller Scham und vor allem ängstlich.
Herrgott, Brant, sagte der Amateur-Therapeut Kelp, das passiert Millionen von Leuten, das ist alles pottnormal. Bei einem Fondue-Essen in Zermatt spuckte eine Freundin ein Stück von dem Käse (es war der gute Gruyère) quer über den Tisch, genau zurück in den Topf über dem Rechaud. Derlei passiert.
Ein Freund nahm an einer Vernissage teil, irgendein ominöser und geisterhafter Künstler aus der Generalschublade ›postmoderne‹, ein Kunstkritiker hielt eine so blöde Rede über die Exponate, daß meinem kunstsinnigen Freund schlecht wurde und er auf die Chiffonbluse der Frau des Künstlers kotzte, und die Ladung bestand aus – schon gut. Danach war meinem Freund der Künste viel besser, diesen Aspekt darf man nicht vergessen.
Mitten auf den Tisch, sagte Brant leise.
Das sind nichts als Reflexe, sagte ich. Als Venn mit seiner Lieblingsfreundin Margot auf einem Fest war, saßen sie auf einem nagelneuen, erzteuren Design-Wildledersofa. Seine sehr empfindliche Freundin hörte nur den Ausdruck ›zum Kotzen‹ und gab prompt vier Gläser Rotwein von sich auf das Veloursleder; sie wurden natürlich nie wieder eingeladen.
Ihre Beispiele sind, sagte Brant, ein wenig –
Unterbrechen Sie mich nicht, sagte der unerbittliche Kelp, ein anderer Freund schläft zum erstenmal mit einer Dame, und noch bevor er den sachlichen Teil seiner männlichen Person in die Dame stecken kann, kommt es, auch bei Zufallsbekanntschaften, natürlich zu einem Zungenkuß, und die Dame steckt ihm ihre trainierte Zunge zu weit hinein, vielleicht bis in die Kehle, was passiert, Würgereflex – und das ist ein Geräusch, das in dieser Zone tabu ist.
Hören Sie schon auf, sagte Brant erstickt, bitte, ich bedarf der Ablenkung.
Aber das tu ich ja schon die ganze Zeit, sagte ich ziemlich beleidigt.
Brant hatte die Befürchtung, sein Ekel-System wolle sich, unab-

hängig von ihm und seinem Kognitiven, emanzipieren und vervollkommnen, bald könne er nicht einmal Flüssigkeiten mehr zu sich nehmen, dann finge wahrscheinlich eine horrible Geruchsanfälligkeit an, danach Verhalten bei –

Apropos Geruch, sagte ich, ein entfernter Vetter von mir, vor vier Jahren an einer galoppierenden Meningitis eingegangen, saß einmal mit seiner schönsten Freundin in einem renommierten Lokal. Alles war gut, schön und sinnlich, auch das Geistige war nicht übel, sie sprachen gerade verständig über Webers protestantische Ethik, da passierte meinem Vetter, wie man so sagt, etwas Menschliches, obwohl ich diesen Ausdruck nie verstanden habe, man sollte besser sagen –

Kommen Sie schon zu Ende, sagte Brant grämlich –

Aber bitte, sagte ich, kurz, er ließ einen Furz, einen kleinen, aber einen, über den unser Queron schreibt: Una flatus, non beatus; jedenfalls verpestete dieser kleine Wind die schöne Atmosphäre, die schöne Freundin blähte die Nüstern, nicht um mehr zu riechen, sondern um ein Zeichen der Mißbilligung zu setzen, und man verließ dessertlos und schweigend das Lokal.

Auch das kommt millionenfach vor und man sollte keinen weiteren Gedanken an diese Klassen von läßlichen peccata der menschlichen Natur verschwenden.

Vielleicht, sagte Brant, werde ich gegen alles allergisch, nicht nur gegen Nahrungsmittel. Austern taten meiner malträtierten Kehle immer wohl, waren überhaupt nicht kontraindiziert. Ach Kelp, wissen sie, ich höre zu gern ihre Katastrophen Stories, zumal dann, wenn sie sich beim Referieren dieser geschmeidigen, aber angemessenen Prosa der hysterischen Untertöne bedienen.

Dank, danke, tausend Dank, sagte ich.

59

Wir trennten uns, Anna-M. und ich, räumlich und wohl auch sonst, das hatte viele Gründe, und ich in meiner Blödheit oder Verlassenheit (beides) ließ ich mich überreden, einen kleinen Köter zu pflegen, für zwei Wochen, nicht mehr, wie die Freundin versicherte. Anna-M. hatte meine Hörigkeit (mit allen Schikanen) nicht vertragen, und einen Hund zur Gesellschaft zu haben, war nicht ganz schlecht.

Es war eine Promenadenmischung, ein kleiner Bastard mit ewig gesträubtem Fell und gequälten Augen. Unter die Diätvorschläge für den Hund hatte die Freundin (eine bekannte Anna-Ms) geschrieben –

Nimm Dich dieses kleinen Hysterikers an, der Dir sehr ähnlich ist – Hysterie, Lebensangst und Faulheit.

Den Rest der Injurien erspare ich mir.

Der kleine Köter pißte überall hin, ohne ein Bein zu heben, das Zeug lief einfach aus ihm heraus, wo er ging, stand, lag oder saß, fühlte sich an keinem Ort der Wohnung so recht wohl, fraß unregelmäßig und kotzte unmäßig viel und saß ansonsten nur herum, wobei er ab und zu ein kleines Geheul ausstieß.

Kurz, unsere Zustände waren (post Trennung und Erkalten) sehr ähnlich, der einzige Unterschied war, daß ich das Klosett benutzte.

In der Wohnung roch es unglaublich nach Hundepisse, weil ich aus Gründen der systematischen Trauerarbeit (ohne jede Kompetenz) die Dinge nicht mehr recht wahrnahm, oder wenn ich sie wahrnahm, so ließ, wie sie nun einmal waren.

Der Urin versickerte in den alten Dielen, und ich konnte mich keinen Tag aufraffen, ein Klo oder Ajax zu besorgen. Ich trank eine ganze Menge und monologisierte im Delir.

Ich hatte den Eindruck, als wenn das Hündchen einen Kummer hatte, der an ihm nagte und den ich nicht kannte. Vielleicht hatte es seine Mutter zu früh verloren, was nicht immer ein Verlust sein muß, vielleicht hatte es ein hartes pränatales Schicksal gehabt,

übles Fruchtwasser oder sowas, oder auch nach der Geburt (Schläge und andere Zufälligkeiten), jedenfalls ertrug ich des Tierchens Blick nicht mehr – sah ich in seine goldbraunen Pupillen, die mich so sehr an die abtrünnige Anna-M. erinnerten, kam mich das Elend an und ich trank noch mehr, als ich ohnehin schon nicht vertrug.
Morgens im Bett, halbwegs betäubt aber a-sentimental, dachte ich die Schönheiten in der Liebesvollzugsszene, um es sachlich auszudrücken, und stellte mir alles vor, vom ersten Kuß und den ersten Griffen auf der Bettkannte bis zum endlichen Quaken der Seele; so schmutzig, schön und konkret es ging.
Half natürlich alles nichts.
Die Grenze zwischen Fakta und Fikta verschwamm. An einem nüchternen Tag gab ich zwei Annoncen auf, Text entfallen, aber die eine hieß ungefähr: Suche sexuell ansprechende, schmutzresitente Putzfrau (o. ä.), und die andere: Suche stillen, unerschrokkenen Untermieter für lichtes Zimmer, kein Familienanschluß, keine WG.
Die Wohnung war tatsächlich viel zu geräumig für mich, sieben Zimmer immerhin, und das Hündchen und ich lebten neben dem ersten Klosett an der Eingangstür. Natürlich kam keine sexuell ansprechende Putzfrau, aber die Agentur schickte eine Dame mittleren Alters, die keine Schmutzphobie hatte und die es schaffte, binnen acht Stunden (à 20 Mark) zu säubern und zu lüften, etc., man konnte jedenfalls drin wohnen. Nur der kleine Köter fühlte sich unwohl in der aseptischen Umgebung und wagte nicht mehr zu kacken; aber mehr als schwarze Scheiße wäre sowieso nicht herausgekommen.
Am dritten Tag meiner Annonce, ich schrieb gerade mit Stöhnen an meinem Feature Die Geschichte des Projektils und hatte eben den Satz angefangen –
Im Jahre 1896 trat MAUSER mit der ersten Selbstladepistole an die Öffentlichkeit, die von der Fachwelt aller Länder als ein unübertreffliches Meisterwerk von verblüffender Einfachheit und nie versagender Zuverlässigkeit begrüßt wurde –
nach diesem Satz klingelte es und ich lernte Herman Venn ken-

nen, einen kleinen, mittelgroßen, mittelblonden Mann, Mitte vierzig, mit flinken, graugrünen Augen und mit dem Blick eines professionellen Taxierers.
Venn zahlte sofort sechs Monate im voraus und erlegte auch sofort die Kaution und ich war, wenigstens eine kurze Weile, saniert.
Aha, sagte Venn bei einem längeren Begrüßungsschluck in meinem Refugium mit Schreibmaschine und Leitz-Ordnern – Sie sind Schriftsteller? Scheißjob, kenn ich.
Dann bemerkte er meinen Anna-M.-Altar.
Oje, sagte Venn, sie müssen diesen Ballast abwerfen. Schöne Frau, nichts gegen einzuwenden. Aber wenn man halbwegs weiterleben will, muß man das Zeug wegschmeißen, Photographien, Briefe, Spangen, eben alle diese Liebesreliquien, und dann müssen sie sich ablenken.
Venn war der effizienteste Ablenker, den ich je kennengelernt habe.
Mein Zimmer wurde von den Liebesspuren gereinigt und Venn schenkte mir einen Paravent, auf dem eine Gruppe Samurais mit wunderschönen Frauen auf einer Sommerwiese auf jede erdenkliche Weise vögelte. Wie alles auf der Welt, ging Venn das Ablenkungsmanöver quasi wissenschaftlich an.
Ohne Programm kein Leben, sagte Venn – diese Arbeit über das Projektil wäre gut als Thema, aber wie Sie es machen, ist es nix als Affirmation.
Sie müssen mehr Kontakte mit Menschen suchen, was ist z. B. mit Ihrer Mutter?
Magenkrebs, sagte ich, zweiundachtzig.
Macht nichts, sagte Venn, in dem Alter expandieren die Karzinome nicht mehr so kraftvoll wie bei unsereinem, die bleibt Ihnen noch Jahre erhalten, möglicherweise. Machen Sie Besuche, Therapieren Sie ein bißchen als Amateur, das freut jede krebskranke Mutter.
Meine nicht, sagte ich.
Ich habe hier, sagte Venn, eine kleine Liste gemacht, da wäre zuerst die notorische Nora, kupferrot, redet ein bißchen viel, schreibt ihre Arbeit über Katastrophenschutz in der BRD.
Dann hätten wir hier die süße Susanne, Funkredakteurin, sehr

anschmiegsam, etwas unhandlich, einfach im Umgang. Hier wäre eine Perle der Kollektion, Jessica, eine kleine Brünette mit grunen Augen und einer Hornbrille. Sie sieht lammfromm aus – aber eine falsche Bewegung als Macho, pardon, Pleonasmus, und Sie bestehen nur noch aus Fetzen – seien Sie sanft, aufmerksam, heiter, und sprechen Sie nicht über sich – sie findet Männerprobleme so überflüssig wie Hundescheiße auf dem Bürgersteig, c. O.
Was heißt, fragte ich, in diesem Fall c. O.?
Clitoraler Orgasmus, sagte Venn geduldig, Jessica findet auch Männer völlig überflüssig, hat sich aber einen Rest von Romantizismus bewahrt, was die spezifische männliche Ausstattung betrifft.
Ich sagte, ich wollte lieber eine von den Sanften, vielleicht die notorische Nora; das Katastrophenthema war mir lieb und teuer.

Alle Zukunft gibt Anlaß zu Besorgnis, wie Luhmann mit aller Unmißverständlichkeit und Klarheit sagt. Hätte ich gewußt, welche üblen Fatalitäten (jede einzelne in der Form eines Fait cccompli) uns in Le B. erwarteten, ich hätte die Rückfahrt verzögert, prachtvolle Umwege gefahren, hätte B. zu einem Besäufnis in Sarlat eingeladen, jedenfalls etwas unternommen.
In der Abendsonne entdeckten wir auf einem sanften Hügel einen kleinen Friedhof mit Mauer und Kapelle, romanisch. Lassen Sie uns aussteigen, sagte Brant mit einer sanften Kranken-Stimme, ich möchte auf einer Bank ruhen und der Niederlagen gedenken, wie auch der Zukunft der Niederlagen.
Ich fand die Idee bestechend und stimmte zu. Die Grabstellen warfen blaue Schatten auf den Kiesweg. Es gab dort auch einen Grabstein für einen Herrn Jaques Poiret, 1902 bis 1981, mit einem Epitaph in deutscher Sprache, das ein bißchen rätselhaft war:

Ihm stahl GOTT den Letzten Schlaf.

Merkwürdig, sagte Brant, und wir setzten uns auf eine Bank, gestiftet von einer Madame Perlot.
Vor uns hüpfte ein Star liederlich auf dem Grab eines jungen Mädchens namens Nadine (1963 bis 1984), zwischen Lobelien (Männer-treu, sagte Brant traurig und getrennt), Fuchsien und ein paar Reihen Erika.
Ich kannte mal eine Erika, sagte Brant, habe aber vergessen, was es mit ihr auf sich hatte. Mein Gedächtnis, ach, Erika.
Wahrscheinlich eine Tragödie, sagte ich friedlich.
Als meine Frau Mutter starb, sagte Brant, dahingerafft durch einen opportunistischen Infekt, sie war 78, Urnenbestattung, wurden die Urnen oder die Nummern der Urnen verwechselt, und ob Sie es glauben oder nicht – ich habe, ehe die Sache herauskam durch Zufall, vier Jahre lang an der falschen Grabstelle oder der falschen Urne gebetet oder Zwiesprache gehalten. Ich hing sehr an meiner Frau Mutter, in der Kindheit hat sie mich viel geschlagen, immer mit einem Stahllineal, sehr elastisch, das war sehr wollüstig, das heißt,

ich habe gute Erinnerungen an sie, vielleicht hing ich deshalb so sehr an ihr.
Ich sprach immer halblaut mit ihr, und Sie werden es nicht glauben – auf der Grabstelle wuchsen plötzlich Blumen, die ich noch nie gesehen hatte, sogar eine Orchidee, die wie die Nahaufnahme der Organe eines Hermaphroditen aussah, merkwürdig, nicht wahr? Die Wissenschaft, sagte ich, hat längst herausbekommen, daß man mit Blumen und Pflanzen den Dialog pflegen soll – sie wachsen dann effizienter.
Das mag wohl sein, sagte Brant und schwieg.
Ich habe mir, sagte er nach der Pause, von einem Architekten eine Pyramide als Grabstein entwerfen lassen, aus Kalkstein, natürlich wäre der Originalkalkstein aus dem Mokkatamgebirge in Cairo zu teuer, die Transportkosten, wissen Sie.
Was Sie nicht sagen, sagte ich, dagegen wird die Friedhofsverwaltung aber etwas haben. Nehmen Sie doch lieber etwas klassisches Genageltes, ein Kreuz mit Jesus dran, da würde die Verwaltung nicht einschreiten, aber eine heidnische Pyramide . . .
Ein geometrischer Körper, sonst nichts, sagte Brant.
Wir schwiegen.
Der Star hatte einen fetten Grabeswurm gefunden und zerrte lässig an einem Ende, während das andere danach trachtete, im alten Terra-Firma-Loch zu verschwinden.
Da, da, sagte Brant und zeigte mit dem Finger auf den Wurm und seine frenetischen Krümmungen.
Was: da, da, fragte ich, ein Wurm für die kleinen Stare, die jetzt ihre kleinen Fressen aufsperren –
Bitte, sagte Brant.
Verzeihung, sagte ich.
Das friedliche Sterben, sagte Brant, wird einem heutzutage nicht mehr leicht gemacht, so im Schoße der Familie, in den Armen der Geliebten, letzte Seufzer, letzte Geständnisse – dann müßte es einem bis zuletzt gut gehen. Ich will mit Würde abgehen, als souveräne Persönlichkeit.
Den Mangel an Souveränität, sagte ich, merkte man zum Schluß gottlob nicht so gravierend.

Ob man sich aufschreiben sollte, was man als letzten Satz sagen sollte, fragte Brant, so als Vermächtnis sozusagen? Mein Großvater starb noch zu Hause im Bett. Als er die letzte Sekunde nahen fühlte, richtete er sich auf, fixierte einen Punkt an der Wand und sagte majestätisch: So nicht! Und starb.
Das war ein starker Abgang, sagte ich, aber ich kenne noch bessere.
Brant sah mich voller Mißtrauen an.
Einer meiner Vorfahren war Lyonel Kelp, ein großer Jurist, Frauenjäger und Schachspieler, der immer mit der sizilianischen Eröffnung anfing, Todesjahr 1856 in Paris.
Alle Familienmitglieder (sogar drei seiner Geliebten) hatten sich um das Todeslager versammelt, der Greis dämmerte so vor sich hin, und man wartete eigentlich nur aus Höflichkeit. Lyonel lag unbewegt und machte nichts Typisches – keine Agonie-Atmung, nein, ganz gelassen, und auch keine fahrigen Bewegungen mit den Händen auf der Patchwork-Decke aus Amerika, als suche er nach etwas, was er sein Lebtag versäumt hatte. Man wartete, wahrscheinlich Kerzen, kein Priester, Lyonel haßte alles religiöse.
Dann öffnet Lyonel zuerst das rechte Auge, dann das linke und sagt mit vernehmlicher Stimme: ich sage nichts, drehte sich zur Seite, d. h. der Wand zu, und starb.
O wäre einem solches doch vergönnt, sagte Brant mit einer gewissen Emphase.
Haben Sie denn schon eine Vorstellung, fragte ich, was Sie als finales Wort sprechen mögen, oder noch nicht?
Schwierig, sagte Brant, ich will ja zuletzt nichts zitieren. Es wäre nützlich, das eigene Werk noch einmal auf passende Stellen durchzusehen – ob Sie sich dieser kleinen Mühe unterziehen könnten?
In der Zeit, in der Aurel da ist, sagte ich konsensfreudig, wäre genug Gelegenheit, Exzerpte aus ihren Werken anzufertigen. Neigen Sie zum Aphorismus oder zu kurzen Sentenzen? Man darf nicht vergessen, daß die Synapsen bei Sterbenden nicht mehr so gut funktionieren.

Das mag stimmen, sagte Brant, in ›Das Positive‹ habe ich ein herrliches Kapitel über Lukas, Vers 24.5 geschrieben – Was sucht ihr den Lebendigen bei den Toten? Wäre das nicht eine schöne finale Sentenz?
Diese Sentenz, sagte ich, sei nur dann wirklich schön, wenn Sie der Tote an die Lebenden richten könne.
Sie nehmen mich wieder nicht ernst, sagte Brant, aber das ist für meinen Zustand gar nicht schlecht.
Ich brauche einen Armagnac. Lassen Sie uns gehen.
Ich fürchte, ich werde wieder aphon. Hoffentlich verschlucke ich mich nicht bei meinem Finalsatz an einer Frubienzymtablette . . .

61

Im Hotel erwarteten uns mehrere Überraschungen und alle waren unangenehm, keine wäre zu erwarten gewesen, und nach unserem Barbesuch gingen wir sofort zu Bett.
Für Brant war von Aurel eine Postkarte aus Stockholm gekommen (was macht sie bloß in Schweden, sagte Brant, was kann man denn überhaupt in Schweden machen) mit dem kurz gehaltenen Text:

Mein Lieber,
habe hier in S. noch wahnsinnig viel zu tun. Aber Lars ist ein Schatz. Komme voraussichtlich eine Woche später, vielleicht auch zwei.
Grüße und Küße Deine Aurel.

Für mich war ein Anruf aus Westdeutschland gekommen, die Telephonnummer, die ich dringend anrufen sollte, lag an der Rezeption; es war die Telephonnummer meines todessüchtigen Mamachens.
Wir tranken vier Gläser Armagnac, dann, sagte ich, sei ich dem Anruf gewachsen.
Als ich die Telephonzelle betrat, gab es ein Fußtrittgeräusch und eine trübe Birne ging an.
Mamachen meldete sich mit ihrer üblichen elegischen Stimme und auch ich meldete mich. Wir wurden unterbrochen. Rauschen des Äthers. Wählte noch einmal.
Sie meldete sich abermals. Leicht gereizt, aber immer noch elegisch.
Ich erfuhr, daß ihr Krebs inoperabel sei, und wenn ich nicht sofort meinen Sterbebesuch machte, enterbte sie mich auf der Stelle, und wieder hörte ich das gleichmütige Rauschen des Äthers.
Ich muß leider nach Deutschland, sagte ich zu Brant. Um Gottes Willen, sagte mein krankes Schäfchen, lassen Sie mich um Himmels Willen nicht allein.

Nicht doch, sagte ich, in drei Tagen bin ich wieder zurück. Mamachen hat sich zum Sterben entschlossen, und da sie eine willensstarke Frau ist, die an den Primat des Willens gleichzeitig glaubt, wird sie es auch mühelos schaffen, so daß meine Präsenz in keinem Fall länger nötig sein wird, als es die Formalitäten danach erfordern.

62

Muthesius tauchte kurz nach dem Einzug von Venn bei uns auf mit seiner Gesunden Geschäftsidee und bedankte sich zuallererst für die wunderbare, kompetente und effiziente Sterbehilfe gegenüber seinem armen, alten Vater in der Sterbeklinik von Prof. Zuhse. Man zahlt ja ein Heidengeld, sagte er (schwärzlich, etwas ölig-levantinisch, ein Fanatiker), für diesen Aufwand, aber letzt-endlich bleibt doch diese Art des Sterbens unwürdig.
Wir saßen im ›Salon‹, einem großen Zimmer mit rostroten, langen Vorhängen.
Venn und M. saßen auf der alten Chaiselongue und ich auf einem Küchenstuhl.
M. trank Sherry, Venn Chianti und ich Büchsenbier.
Unter einem Kissen mit Brokatbezug war ein kleines Tonbandgerät aktiv; aber das wußte ich damals noch nicht. Ich gebe Muthesius' Vortrag über Das Wahre Sterben und Die Wahre Begegnung gemäß des Tonbandprotokolls ungekürzt und unzensiert wieder.
Der Hauptgedanke ist, die Begegnung der Toten mit den Lebenden zu zentralisieren, d. h. unbeschwert zu gestalten. Unsere Beisetzungs-Riten sind beklagenswert barbarisch. Kaum sind die lieben Toten, äh, tot, werden sie eingesargt, ohne daß die nächsten Angehörigen, Freunde, Bekannten und Geliebten einen tieferen und persönlichen Austausch mit den lieben toten Angehörigen, Freunden, Bekannten und Geliebten haben dürften.
Zentrale Orte für diese Begegnungen im Stillen, begleitet von sanfter Musik – dafür muß ein Programm erstellt werden, der eine will Bach, der andere lieber Melanie –, wären die sogenannten Encounter-Kabinette, wo sich die lieben Toten, kosmetisch behandelt, wenn nötig (z. B. nach bösartigen, entstellenden Unfällen und Abgängen), in einem ästhetisch befriedigenden und einwandfreien Zustand, äh, aufhalten.
Eine großartige Idee, rief Venn, in Amerika nennt man jene Encounter-Kabinette schlicht Schlummerräume und ich kenne einen Fall aus Sioux Falls, wo eine –
Amerika, sagte M. verächtlich und fuhr rücksichtslos fort. Der

Umgang mit den lieben Verstorbenen muß eine brauchbare Therapie für die Lebenden sein.
Nehmen wir eine praktische Situation, sagte Muthesius mit Wärme und Verve:
Im Encounterkabinett sitzt eine junge und hübsche Tote im Lieblingskleid ihres, sagen wir, Gatten oder Geliebten (die letzte Entscheidung über die Robe trifft natürlich der Überlebende). Der Gatte oder Geliebte tritt ein und ist jetzt völlig allein mit seinem angebeteten, aber auf ewig stummen Liebesobjekt. Nun wählt er seine Musik, egal welche, jene in jedem Fall, die zu seinem Zustand paßt, und nun kann er machen was er will in seinen frenetischen Anfällen der Trauer, der Liebe oder des Hasses. Lampen mit Dimmer sind natürlich vorhanden, die Lautstärke der Affekt-Musik spielt keine Rolle, und für alle Fälle steht unser Kosmetiker für Korrekturen nach der Begegnung bereit. Sollte es mit der stummen Kommunikation nicht klappen, steht unser Psychiater zur Verfügung, ein professioneller Thanatologe, mit allen Wassern gewaschen, will sagen hochgebildet, sehr gemütvoll, voller Trost aller Art, für allen Schmerz erzbereit, will sagen präpariert, Heidegger, Bollnow, alles möglich, aber auch Sartre oder Cioran; kurz, sein Trost-Fundus ist ein umfassender.
Was für ein Objekt, sagte ich, was für ein Projekt – sind noch andere Industrien angeschlossen?
Gefällt mir alles sehr gut, sagte Venn; er witterte eine kerngesunde Geschäftsidee.
Es gehen, sagte M. unbeirrt, dem Volksvermögen Millionen per anno verloren durch unkontrollierte, mentalhygienisch unbedenklich betriebene Trauerarbeit.
Wir wollen, ich stelle das mit allem Nachdruck fest, alle diese Trauerfälle encountermäßig zu einem Fest der Liebe und der Harmonie machen, die den Menschen gestärkt und gewappnet in den alltäglichen Lebenskampf entläßt!
In den Encounterkabinetten, sagte Venn nachdenklich, muß es ja nicht so lieb und harmonisch zugehen – ob er das richtig verstanden habe?

Aber ja, sagte Muthesius, gerade in Kenntnis der menschlichen Natur darf man die Affekte und die Instinkte nicht vergessen.
Wie wärs mit einer dämmrigen Bar, fragte Venn, mit schwarzen Plüschhockern – in der Bar Styx könnten sich nach den Zeremonien die zerzausten männlichen und weiblichen Überlebenden treffen, um ihre Erfahrungen auszutauschen.
Eine vortreffliche Idee, lieber Herr Venn, sagte Muthesius. Aber noch wichtiger erscheint mir der Gedanke einer monumentalen Trauer-Architektur. Ich werde nach Ägypten fahren und mich dort umsehen, sind doch die Ägypter, was den Totenkult betrifft, sämtlichen Kulturvölkern als Avantgarde vorangeschritten.
Wir reisen mit, sagten wir unisono. (Endlich Urlaub, kein deutsches Wetter, kein Smog, trockene Luft usw.)
Für die Traueraktiven und die Trauerpassiven wäre unterirdisch, – ich stelle mir eine Art Luxus-Katakomben-System vor, mit priesterlich gekleideten, aber konfessionslosen Pagen – kurz, ein Hotel mit Hohe-Priesterinnen des, äh, Fleisches –
Ein Puff, sagte Venn entzückt.
Aber nein, sagte Muthesius gekränkt, eine Art Liebestempel, nicht teuer, also nicht übertrieben teuer, zivile Preise.
Und was ist mit Aids, fragte ich.
Die Damen haben natürlich ihre Virus-Unbedenklichkeits-Plakette am Revers, sagte M.
Und die Trauergäste, fragte Venn.
Das muß noch überlegt werden, sagte Muthesius, zur Not werden eben überall Kondom-Apparate aufgebaut, ja, alle schwarz, wenn das technisch machbar ist. Technisch, sagte Venn, ist alles machbar, man müßte sich aber immer fragen, ob mans machen sollte.
Gott nein, ein Öko-Freak, sagte M.
Insgesamt schlummert, verzeihen Sie diesen Ausdruck, in dieser Idee viel Profit. Denken Sie nur an die Auftragslagen für die bildenden Künstler; endlich haben diese Idioten ein fixes Sujet und müssen sich nicht mehr epigonal betätigen, denken Sie an die Krematorien, die Discount-Sargmagazine, wir werden die deutsche Bestattungs- Industrie in die Knie zwingen.

Insgesamt, sagte Venn und hob einen Finger, bieten Sie Ihrer Klientel eine Art von Lebenshilfe, Sterbe-Hilfe-Beratung, Trauerprävention und Trauer-Nacharbeit auf der Grundlage einer Pauschalsumme?
So ist es, sagte Muthesius, gerührt über Venns Verständnis.
Die Idee ist noch nicht komplett, sagte Venn und trank einen Schnaps.
Haben Sie schon an eine Sterbehilfstation gedacht? Unser Freund Kelp ist Experte auf diesem Gebiet und hat hunderten von Kandidaten zu einem so gut wie friedlichen Ende verholfen.
Natürlich, murmelte Muthesius, Sterbehilfesanatorium Sanitas, 1000 Betten, da kann man für Haupt- und Nebenkosten . . . Moment mal . . .
Des Unternehmers Augen leuchteten in einem schönen Feuer.
Man könnte, sagte er, um die Idee der Leistungsgesellschaft auch in dieser Sphäre nicht zu kurz kommen zu lassen, eine Zeit-Versicherungsklausel in den Vertrag mit den Hinterbliebenen einbauen. Man weiß ja nie, wie lange so eine Agonie dauert, bei Krebs oder Tumor, HLV III, dem Alzheimer, bei der Multiplen Sklerose oder dem Epstein-Barr-Virus, CEBV genannt, besonders heimtückisch, unabgekürzt chronisches Epstein-Barr-Virus-Syndrom genannt – je kürzer die Agonie, desto geringer die Kosten.
Haben Sie schon an eine Hibernationsstation gedacht, fragte Venn, schließlich wollen wir doch alles in den Griff kriegen, monopolmäßig, meine ich.
Sie meinen einfrieren, sagte Muthesius (er war jetzt leicht betrunken), die Unheilbaren und die Scheintoten für späteren Gebrauch.
Man müßte eine hohe Miete verlangen, sonst geht die Rendite für diesen Bereich flöten.
Besuchen Sie uns doch, sagte er zum Abschied, Dolores kommt so selten aus ihrem Studio für Extensiven Grabschmuck und freut sich über jeden Besuch . . .
Der gute Muthesius kam bei einem Überholmanöver zwischen Straßbourg und Nancy ums Leben; der Ideenlieferant wurde von

einem Basaltblöcke transportierenden Laster vollständig zerquetscht, so daß er nicht einmal nach einer Operation und kosmetischer Behandlung in einem seiner Encounter-Kabinette hätte präsentiert werden können.

In der darauffolgenden Nacht träumte ich von zwei Särgen, die in einer Gruft standen; in dem einen mit den Messinggriffen lag Maman, lebfrisch und gereizt, in dem anderen eine wunderschöne, aber tote Anna-M., wachte ziemlich feucht auf und trank einen Schnaps gegen den Traum.

Zog mich um, leger, Jeans und das Cerrutijackett, schwarz, und holte Brant für unseren Barbesuch ab.
Wir waren bedrückt, das läßt sich vorsichtig sagen. Wir bestellten eine Flasche Champagner und verfügten uns in eine entlegene Ecke.
Eine Busladung Deutscher war angekommen und machte einen Heidenlärm. Vielleicht sollten sie in der Höhle La Mouthe ausgesetzt werden, mit den Geistern der toten Cro-Magnons verstünden sie sich wahrscheinlich ausgezeichnet.
Wenn man früher sagte, das Bankhaus X wurde fallit – dann ist das, sagte Brant, ein Ausdruck der heimlichen Gesetzmäßigkeiten eines Naturverlaufs; sage ich dagegen, Brant wurde am 9. November des Jahres X fallit, dann . . . Was wollte ich sagen?
Ich sagte, ich hätte keine Ahnung.
Ich werde mich in ihrer Anwesenheit ein wenig zurückziehen, sagte Brant nach seiner Gedächtnis-Gedächtnis-Minute, vielleicht eine kleine Schlafkur, vielleicht ein wenig Nerven-Training, damit die alte Libido mühelos aus ihrem alten Sack hüpfen kann.
Ich lobte diese seine Methapher und fragte, wie er Aurels Tonfall auf der Postkarte fände.
Konfus und kühl, sagte Brant nach einigem Überlegen, wenn ich nur wüßte, wer dieser gottverdammte Lars ist, na, hoffentlich bringt sie ihn nicht mit. Sie neigt zu Irrationalitäten. Sie bewundert sozusagen den nackten Geist an Kerlen, wenn die mehr als drei Fremdwörter in einem Satz ohne Stolpern hinkriegen. Bei einem Vortrag in München betrog sie mich mit einem bärtigen Schwein, der sie mit dem Satz ›Die Zirkulationssphäre erlegt den Individuen ein Verhalten auf, das von einer grundlegenden Gleichgültigkeit gegenüber dem Tauschpartner bei gleichzeitiger Einfühlsamkeit und Liebenswürdigkeit angesichts seiner zu instrumentalisierenden Bedürfnisse gekennzeichnet ist‹ aufs Kreuz legte.
Aurel mag Intellektuelle. Im Bett trägt sie immer ihre Lesebrille, sehr reizvoll, will sagen, erotisch. Wo lebt Ihre Frau Mutter?
In einem Lego-Fachwerk-Nest in Schleswig-Holstein, sagte ich,

auch genannt die Perle der Holsteinischen Schweiz, kleine Seen mit Vögeln, wenn man das mag. Und es gibt als Hauptnahrung Sauerfleisch.

Brant schüttelte sich und wir kippten rasch ein paar Gläser der toten Witwe.

Anna-M. war die unberechenbarste Frau meines Lebens, sagte ich.

Balten, sagte Brant, sind äußerst zählebig, ich kannte einen verarmten Adeligen, dessen Großtante Gouvernante bei der Romanoff-Familie gewesen war, der wurde 122 Jahre alt, bei regem Appetit. Was wollte ich gerade sagen?

Auch ich hatte keine Ahnung, wie schnell ein nicht operables Karzinom zu einem letalen Ende führt, trotz meiner Erfahrungen in Zuhses Sterbeanstalt.

Wie bedauerlich, sagte Brant, daß Sie Ihre Aufzeichnungen über den Desaster-Typ unterbrechen müssen. Sie überlassen mir doch bitte das Material, das sehr reichhaltig sein dürfte?

Nach dem Besuch bei meiner Mama, sagte ich zuversichtlich, wird das Material noch reichhaltiger sein.

Wie erfreulich, sagte der höfliche Brant.

Wie sollen Sie reisen? Doch wohl nicht mit dem heimtückischen Fiasco-Fiat?

Aber nein, sagte ich, mit dem Fiasco-Fiat fahre ich lediglich bis Périgueux, parke dort vor dem Bahnhof und benutze dann eine Zugverbindung in Richtung Paris.

Bringen Sie ihrer Frau Mutter doch etwas mit, sagte der sentimentale Brant, ein kleines Cadeau. Vierundachtzig, sagten sie? Schwierige Geschenke-Lage, ich wüßte auch nicht, was mir mit 84 noch Spaß machte.

An Spaß ist nicht zu denken, sagte ich mit der Bestimmtheit der Halbbetrunkenen, Spaß hatte sie seit dem Zusammenbruch nie, am allerwenigsten mit ihrem verrotteten Sohn. Nee, Spaß, vielleicht bringe ich Nippes mit, sie mag kleine Tierchen aus Holz.

Auch Aurel liebt Nippes, sagte Brant, zwischen ihren Brüsten trägt sie einen Zahn, einen Tigerzahn, den Zahn eines sibirischen

Tigermännchens, um genau zu sein, an einer silbernen Kette, Tula-Silber, kein Sterling ...
Ogott, sagte ich plötzlich, weil mir der Besuch als peinigendes Gesamt-Tableau vor die Augen kam. Die Wohnung stinkt, sagte ich in Brants rechtes Ohr, während ich meinen Sektkelch umklammerte, meine Mutter schweigt und lamentiert, ich ersticke beinahe, die Fenster werden nie geöffnet, sie klagt, ich begütige, dann sitzen wir wieder schweigend in der Wohnung, die stinkt.
Es gibt nichts zu sagen. Es stinkt nach Pipi-Chat, nach alten Vorwürfen –
Herr Ober, rief Brant in dem Augenblick, einen Cognac für den Herren, aber doppelt.
Der Cognac beruhigte tatsächlich meine zerrütteten Nerven, und die bösen Ahnungen wurden eingeschüchtert.
Lesen Sie um Himmels willen das Diarium von Queron, sagte ich zum Abschied, ein Genie der Niederlage, ein Gott des Lamentos. Lesen Sie die Geschichte über sein Baby, lesen Sie die erotischen Eskapaden mit der hübschen, aber blinden Maude auf dem Dachboden im Bett seines Vaters –
Nein, sagte Brant mit einem kleinen Aufstoßen, Queron rühre ich nicht an. Ich werde vielmehr tonisierende Lektüre zu mir nehmen, das Beste aus Readers Digest, ein paar Partikel aus der eigenen Produktion – hören Sie zu, mein lieber Kelp. Ein paar Instruktionen eines todkranken Mannes, der sich noch einmal einer endgültigen, unwiderruflichen Diagnose stellen wird, noch bevor mein verdrossener Liebling eintrifft.
Simulieren Sie den klassischen Sohn-Mutter-Liebesbegriff in der Praxis. Sie werden sich ekeln, überwinden Sie ihren Ekel und machen Sie sich mit der Tatsache vertraut, daß auch Sie einmal, dermaleinst, an einer besonders widerlichen Krankheit krepieren werden, kein Kuß mehr von ihrer Freundin, weil Sie stinken wie ein Haufen Scheiße, nichts mehr. Denken Sie immer daran. Und nun gehen Sie schlafen, ich wecke Sie mit meinem Schweizer Gerät mit der schrillen Stimme um 7.30. Leben Sie wohl.
Wir umarmten uns schwankend und ein bißchen unbeholfen, und mein krankes Schäfchen zerdrückte sogar eine Träne. Ich war

angemessen gerührt, packte noch ein paar sinnlose Dinge ein, schrieb ein Billett für Monsieur Prahl, in dem stand, wie schnell ich wieder in Le B. wäre, legte mich schlafen und träumte von Anna-Ms. Narbe auf dem rechten Knie.

64

Der Bestattungsunternehmer, der einzige am Ort, schlug mir eine anonyme Urnenbestattung vor, in einem, wie er sagte und mit Prospektbildern in vier Farben erläuterte, weiträumigen Park mit Bäumen aller Art und Blumen das ganze Jahr.
Stimmte zu. Sterbehelfer durchaus, aber keine Grabpflege. Da ist nur ein Punkt, sagte der Bestattungsunternehmer, nennen wir ihn Müller, der leicht bereinigt werden kann – Sie müssen für die Behörden die Geburtsurkunde Ihrer Frau Mutter beibringen – ohne Geburtsurkunde keine Cremierung oder Bestattung. Sie werden bestimmt in den Effekten Ihrer verstorbenen Frau Mutter, deren Russisch-Kurse übrigens vorzüglich waren, das wichtigste Dokument finden.
Und so machte ich mich in der ruhigen, sonnigen, stinkenden Wohnung auf die Suche nach diesem Papier. Ich lüftete, aber die Gerüche, Düfte und Amalgamierungen blieben resistent. Ich sprühte Fichtennadelduft, aber das hätte ich mir nicht zufügen sollen – jetzt wurden die Geruchs-Mischungen verstärkt durch Fichtennadeln. Um einen Überblick zu gewinnen, notierte ich alle Gerüche ihrer stummen Hinterlassenschaft, ehe ich mich ans Wegschmeißen machte.
Da war zuerst unverkennbar das Odeur von Pipi-Chat, ihrem Kater, den jetzt eine Seniorin in einem liberalen Altersheim hütete, ein schwer neurotisiertes Tier, früh gealtert durch die frenetischen Liebkosungen meiner armen, liebesbedürftigen Mama.
Die Rest-Miasmen setzten sich zusammen aus ungewaschener Wäsche, ungelüfteten Teppichen und Tischdecken, Kissen und den Mänteln in der Flurgarderobe; aber die größte Überraschung erlebte ich in der perfekt und ergometrisch eingerichteten Küche, einstmals ein schmucker Raum. Das ungewaschene Geschirr war nicht das Schlimmste – Mamachen hatte schon immer eine durch Kurzsichtigkeit geförderte Schmutzphobie gehabt – das Schlimmste war der Kühlschrank, d. h. sein Inhalt, den ich in Gedanken und im Gedenken an Mama noch einmal katalogisiere.

Im ersten Fach schlummerten vierzehn Dosen Whiskas, alle geöffnet, die meisten enthielten den beliebten Fisch-Mix, Hai oder Thunfisch, und alle strömten einen intensiven Atem nach verwestem Fisch aus.
Im zweiten Fach lag für Menschen bestimmte Nahrung, ebenfalls Konserven, in den meisten Fällen Fisch, Thunfisch, Makrelen und vor allem sieben Dosen Sprotten, alle geöffnet.
Mamachen war in dem Augenblick sehr präsent.
Wunderte mich nur, wie sie die tausend Konserven mit ihren polyarthritischen Fingern hatte öffnen können ohne fremde Hilfe, die sie verabscheute und schon nach zehn Minuten aus dem Haus trieb.
Im dritten Fach endlich wälzten sich keine Konserven. In der linken Ecke, illuminiert vom Licht des Kühlschranks, schlummerte eine Leber im fortgeschrittenen Stadium der Verwesung ihren ewigen Schlaf. An die Leber schmiegte sich die Mumie einer Zitronenhälfte, die wieder auf einem Stück Bückling ruhte. Unter dem Leib des Bücklings glotzen mich zwei kleine Augen an, halb geschlossen, mit einer blauen Lidspalte – der Kopf eines seit längerem toten Huhns.
Ich verfluchte die Putzfrau und merkte in dem Augenblick, in dem ich die Gummihandschuhe überstreifte, um den Friedhof zu räumen, daß ich meinen berüchtigten Ekelherpes auf der Oberlippe bekam. Dachte zu dem Zeitpunkt nur, wie gut es sei, im Augenblick frauenlos zu leben. Anachoreten, die ihre Mütter begraben, dürfen sich Herpes leisten.
Die Krönung des Kühlschrank-Arrangements war eine mittelgroße Dose Keta-Kaviar, aus der ein paar kälteresistente Würmer krabbelten, um mir zu kondolieren.
Als ich den Kühlschrank geleert und desinfiziert hatte, ziemlich fanatisch, das muß ich nachträglich sagen, trank ich aus dem einzigen Behälter, den die alte Dame verschlossen gehalten hatte, aus einer Flasche mit Wodka, den sie regelmäßig getrunken hatte, wobei sie den Modus der Rollkur nach jedem Schluck anwendete; vielleicht mit kleinen Seufzern, die niemand gehört hatte, und die alle Erbarmung hießen.

Der Nachlaß, die sogenannten Effekten, waren ein einziges Ordnungs-Schlamassel. Zweimal ausgebombt (Dresden und Berlin), war sie außerstande gewesen, irgendetwas wegzuschmeißen, über Bord gehen zu lassen oder zu jordanisieren, wie Venn sich ausgedrückt hätte. Es gab mehrere Kategorien des Schlamassels:
Bücher und Bücherhaufen,
Kleidung (kleine pelzige Mäntel in undefinierbaren Farben), kaum Unterwäsche,
Nippes, also: springende Rehe aus Holz, kleine Holzfigürchen aus Peru, eine Raphael-Engel-Reproduktion in einem Rahmen, der entsetzlich klebte, Gläser, alle mit Staubpfropfen, ebenfalls klebrig, kleine Messerchen für Zwerge, Gebrauch unbestimmt, winzige Löffelchen, so klein, daß keine Perle gepaßt hätte – aber das Hauptkontingent bildeten (ich habe damals trotz Stupor und Tremor getreulich gezählt) vierhundertdreiundzwanzig, fahrig umschnürte Klein-Haufen von Papieren.
Das Modell eines Häufchens, Sagittalschnitt, sah in den meisten Fällen so aus:
Rechnung vom Roten Kreuz für geleistete Dienste,
Rechnung vom Karmeliterbund,
Impfpaß des Katers,
Der einsame Briefkopf eines Mieterbundes,
Die Vertraulichen Nachrichten, 1. Exemplar,
Ein Brief von Kelp mit weicher Kinderschrift aus dem Jahre 55,
Kontoauszüge,
Die Rechnung eines Tierarztes für eine Rektoskopie,
Ein weiteres Exemplar der Vertraulichen Nachrichten.
Ich trank noch einen Wodka und ließ das Papier-Chaos liegen.
Füllte in sieben Stunden achtzehn Müllsäcke und vermißte maßlos meine Erfindung der Mentholstöpsel für die Nase. Sie hatte eine Schwäche für Programmzeitschriften, als könnte ihr etwas entgehen.
Ihren Fernsehabendkonsum fing sie um 18h an und sprang dann alle zwei bis drei Minuten von Sendung zu Sendung. Ab und zu sagte sie ärgerlich: Nein, schau nur, diese jüdische Nase.
Sie war schon ein Herzchen, und während ich diese toten Relikte

in die Säcke schaufelte, Wodka im Leib, einen expandierenden Herpes auf der Oberlippe, diffuse Gefühle für alle Frauen und besonders Anna-M. im Herzen, lag die arme Alte nackt unter ihrem Laken in der Kapelle der Nachsorgeklinik, zahnlos, ohne eine Stirnfalte, leicht vergrämt und um die Mundwinkel, wie zu Lebzeiten, aufs Äußerste verbittert.

Im Hotel badete ich zwei Stunden, bis jedes Duft-Engramm verschwunden war und begab mich ins hotelinterne Restaurant im New Romantic-Style.

War gottlob leer, nur vor der Bar hockte ein hochmütiger Afghane, die Pfoten gefaltet wie zum Gebet.

Auf der Speisekarte gab es in der Tat Sauerfleisch, von dem ich Abstand nahm, obwohl Mark Aurel sagte, keinem Menschen widerführe etwas, das er nicht seiner Natur nach ertragen könne. Angesichts des Sauerfleisches half auch der stoische Satz Ramiers nicht weiter, der einmal bemerkt: Was alle trifft, erträgt man leicht. Das mag für Nuklearbombardement gelten, nicht aber für das Essen.

Nahm dann eine Bouillon, harmlos, und aß sehr langsam, um den Herpes nicht zu reizen. Ließ mir dann vom Zimmerservice vier Flaschen Bier bringen und legte mich aufs Bett.

Schluckte, glaube ich, vier Dogmatil, soff die vier Flaschen aus, sah bewußtlos auf die Bilder des Fernsehschirms und wachte erst auf, als das Telephon klingelte. Es war der Bestattungsunternehmer, der einen würdigen, nicht allzu sentimentalen Text verfaßt hatte. Dispens.

Die Sterbeurkunde fand sich im Haufen 401, zwischen einer Dreifachnummer der Vertraulichen Nachrichten (Russen zetteln Wetterkrieg in Sibirien an), dem Arbeitsbuch des Deutschen Reiches und einem unglaublich schlechten Privatgedicht von Julius Streicher, nebst einem Brief einer Patentante, die zur Anthroposophie konvertiert war und Mamachen bekehren wollte.

Aus diesem Brief fielen ein paar Photographien –, Kelp als Kind und Kelp in unbepickelter Adoleszenz, blöd, arrogant und hoffnungslos.

Stopfte alle in den letzten, noch offenen Sack und ging mir dann in der Toilette die Hände waschen. Zwei bunte Frottéhandtücher hingen da, steif vor Schmutz. Neben der Klobrille fand ich vier Zehengummis, Fleischfarben. Die Exkursion durch das Bad dauerte nicht lange. Wollte einem kleinen Bedürfnis folgen und hob den Brillendeckel (du pißt immer daneben, sagte Anna-M. leise) – im Becken lag ein Scheißhaufen, vielleicht von der Putzfrau, die sich für ein zu niedriges Honorar rächen wollte. Ich spülte und spülte und torkelte halb betäubt in die Fischmiasmen der Küche; aber da stand wenigstens der Wodka; prost Mama, wo immer du weilen magst.
Führte ein paar Telephonate mit ein paar Nachlaß-Interessenten, vereinbarte mit den Wirtsleuten, bequem im Stock darüber, angenehm unaufgeregte Leute, die Sperrmüll- und Müllsack-Geschichte und schloß dieses unangenehme toxische Kapitel ein für alle Mal ab.

65

Endlich wieder im feuchten Le B.-Nest. Kam gegen 20 h an und aß im Hotelrestaurant ein Steak und trank dazu einen roten Landwein aus Grave.
Herr Brant weile noch in Bordeaux, sagte Monsieur le Directeur und überreichte mir einen Briefumschlag mit Brants fahriger Klaue.
Andere Post hatte ich auch – einen Brief meiner Mutter, den sie im Krankenhaus diktiert haben mußte, in der üblichen theatralischen Diktion mit tausend Ausrufungszeichen. Machte oben in meinem Zimmer eine kleine Liste, wobei ich mich keiner Wiederholung schämte.
Natürlich kam der Anna-M.-Komplex an prominenter Stelle vor, diesem Existentialposten folgte die Chronologie der Folgedesaster Sterbeklinik, die Affäre mit der Witwe von Muthesius, die kleine Episode mit dem Köter und der endliche, lang erwartete, wohl präparierte Kollaps des Helden Kelp nach Anna-M.s Flucht.
Die Reihenfolge stimmt nicht und wenn die Reihenfolge nicht stimmt, sind sogar die schönster Desaster und Miseren ohne den qualvollen Zauber der Kohärenz, die sie so unentrinnbar macht.
Der Stoffwechsel des Hündchens ließ immer noch zu wünschen übrig. Der kleine Köter saß stundenlang versonnen in seinem Patentklosett und tat gar nichts.
Ich hatte ihm ein Schweineherz gekauft. Nun saß er vor der Schüssel mit diesem garantiert toxischen Klumpen Fleisch und glotzte. Nach einer halben Stunde Meditation saß das Tier wieder in seinem Patentklosett. Holthusen hätte gesagt, der Hund sähe unbehaust aus. Ich hatte den Verdacht, die neue Ordnung mißfiel ihm, aber vor der neuen Ordnung hatte er ja auch keinen vergnügten Eindruck gemacht.
In dieser Nacht weckte mich ein kleines Geräusch – der depressive kleine Köter versuchte aufs Bett zu springen, war aber entweder zu blöd, zu traurig oder zu klein, um die Höhe zu schaffen. Ich hob ihn am Nackenfell hoch, er zitterte und ich legte ihn

neben mich, und so schliefen wir eine Zeitlang, der Hund und ich.
Im Traum durchstreifte ich wieder endlose Korridore, Bürogänge, Zugabteile, Bahnhofshallen, Perrons, Fabriketagen, fremde Wohnungen und Pissoire, um Anna-M. zu finden, und natürlich fand der Lieblingsregisseur sie niemals. Dann klingelte das Telephon, eine kühle weibliche Stimme teilte mir mit, daß Anna-M. mit einem lieben alten Freund die City verlassen habe, in Richtung Frankreich.

66

Im Express in Richtung Périgueux lernte ich einen Herren namens Hoppe kennen, einen kleinen, kahlköpfigen Mann mit einer fleischigen Nase. Wir saßen allein, ich in Fahrtrichtung, und Hoppe fing unser Gespräch mit der Bemerkung an, daß die Selbstmordquote in Wien am höchsten sei.

Ich war nahe am Einschlafen und stimmte zu.

Ob ich ideologische, politische oder religiöse Bedenken gegen den Selbstmord hätte?

Überhaupt nicht, im Gegenteil, alles tapfere, beneidenswerte Leute, sagte ich.

Hoppe war befriedigt.

Selbstmord, sagte er, aber ja! Der Freitod – unbedingt! Per anno, sagte Hoppe genußvoll, fallen ca. 700000 Selbstmorde an, eine beträchtliche Quote – und wissen Sie, was das schlimmste ist? Da sie nicht rechtzeitig gefunden werden, fallen diese 700000 als Organspender einfach aus, 700000 Nieren, 700000 Lebern (wenn er diese Zahl nannte, sah er ekstatisch auf, und Speichel erschien in den Mundwinkeln) kurz, 700000 unrettbare Organe, ist das nicht furchtbar? Gestatten: Hoppe, Organagent.

Bei den Verkehrstoten, rund 100000 per anno nach meiner Statistik, sagte Hoppe, werden natürlich unglaublich viele Organe, wohlgemerkt – brauchbare Organe verloren, aber die Überwachung durch das Rote Kreuz und die Samariterorganisationen funktionieren ganz großartig; dort habe ich meine schönsten und auch intensivsten Kontakte.

Aber die Selbstmorde bereiten mir schlaflose Nächte. Da hängt sich einfach jemand auf mit funktionierenden, kerngesunden Organen, nach denen sich die armen Opfer alle Finger lecken, pardon, und diese Leute werden nicht gefunden, und die Organe verrotten. Es ist dies einfach arational, eine Vergeudung.

Ich habe schon mit Seelsorgern, vor allem Telephonseelsorgern, Verbindung aufgenommen, um ihnen die glorreiche Idee schmackhaft zu machen, den Suizidenten einen Terminplan machen zu lassen. Gewiß wird dieser oder jener wieder schwankend

in seinem Entschluß, aber statistisch ist es so, daß 90% aller Suizidenten auch tatsächlich suizidieren, und es wäre doch ein Leichtes, mit ein wenig Vorsorge für ein rechtzeitiges Auffinden zu treffen, also unmittelbar nach dem geglückten Suizid. Ich habe, Patent 2345–34h-Patentamt Düsseldorf, einen Organrettungswagen entworfen – mit Kühlschrankeinheiten, alle hydraulisch aufgehängt nach dem Birkenmeyer-Prinzip.
Leider mußte Hoppe bald aussteigen. So erfuhr ich nie, wie sein Container für Kopftransplantationen konstruiert war.

67

Anna-Komplex.
Ich handelte eiskalt, überlegt und rational, stellte dem Hündchen acht Näpfe mit Dosenfutter hin (von Chappi mit Hai bis Chappi mit Thunfisch), drei Näpfe Wasser, einen Haufen Hefetabletten gegen seine Depressionen, putzte mir die Zähne, wer weiß warum, ließ die elektrische Zahnbürste auch richtig eingeschaltet, machte meine Bagage zurecht, Hose, Hemd und Schlagring, und nahm die Verfolgung auf.
Die Richtung wußte ich ja ungefähr, nur stand mir der schwarze Engel der Eifersucht nicht bei; ich mußte dauernd kotzen oder ich hatte meinen Eifersuchtsdurchfall, schwarz, für unbestrafte Sünden, und das alles sind keine besonders günstigen Reisebedingungen. Im Tageszyklus schluckte ich Weckamine und gegen die wieder Gelusil-Lac. Fürs Herz, diesen kulturell überbesetzten Ort, gab es keine irdischen Medikamente.
In Aachen bestach ich eine alte Freundin (ich brauchte Geld) mit einem prachtvollen hysterischen Anfall auf ihrem weißen Flockati, auf dem sie mich mit viel Alkohol und alter Liebe beruhigte, und ich muß wohl eine sehr komische Figur als Impotenter geboten haben, der ihren lieblichen Körper immer mit dem falschen Namen anredete. Im Morgengrauen, Gott ja, im Morgen-grauen knackte ich ihren Ikeasekretär und stahl ihr 700.-, hinterließ aber ein konfuses Billett, in dem ich sie auf Knien um Verzeihung bat für diese kleine Ewigkeit.

Anna-M. fand ich natürlich nicht, weil alle verschwiegen waren, diese Ignoranten, gänzlich solidarisch mit meinem abtrünnigen Liebchen, dem sie den hysterischen, bewaffneten Kelp nicht auf den Hals schicken wollten. Allzu verständlich, post festum, überaus verständlich. Es war natürlich Venn, der mich vor Schaden bewahrte und mein Leiden milderte.
In die Dolores-Affäre geriet ich unversehens, als ich mein Photostudio in einem der größeren Zimmer etablierte, drei Monate vor Venns genialer Gesunder Geschäftsidee.

68

So laviere ich zwischen Koben, Bett und Kloake, mache aber keine feinen Distinktionen mehr (Queron).
Als Venn mit seinem Kleiderschrank und viertausend Büchern einzog, hatte ich mich gerade wieder auf die Malerei geworfen und auf die Herstellung photographischer Porträts; die Posten überließ ich bereitwillig den Modellen. Ich hatte ein Triptychon vor, 3 tote Hunde sollte das Bild zeigen; natürlich war es nur ein toter Hund mit 2 Spiegelungen, aber ein Tryptichon sollte es schon sein. Hunde waren schwer zu malen. Suchte mir ein Malteser Modell aus einem Hundezuchtbuch aus; in der nächsten Nacht entschied ich mich für einen Pekinesen. Das königliche kleine Gesicht sah im Tod sehr gequetscht und resigniert aus, vor allem um die Mundwinkel, d. h. die unteren Lefzen, die ich später mit Acryl samtschwarz mit zwei winzigen Reflexen malen wollte. Bewußt oder nicht – in jedem Fall handelte es sich um eine Verbrennung im Krematorium, eine durch Feuer illuminierte Natura-Morta-Studie. Der Pelz flammte in einer Gesamt-Gloriole von kobaltblauen, violett-weißen und schwarzen Flammen, die ich mit Schweinfurther Grün unterlegen wollte. Über dem entflammten Pelz mit winzigen Pelzpartikelchen war eine weiße Corona, aus der Myriaden pechschwarzer Funken flogen, wie sie nur die Verbrennungstemperatur von 3000 Grad C. erzeugen kann.
Im letzten Bild sah man nur noch ein Häufchen Asche auf der Stahlplatte, dafür konnte man im Hintergrund die zwei Stahlschienen sehen, die zum Rost führen, und ein mit Asbest umwickeltes Rohr, das zu den verläßlichen Ölinszenatoren des Höllenofens führte.
Von diesem Bild-Entwurf, das sagte ich mir damals, würde eine wohltuende Wirkung aufs Gemüt ausgehen. Es war garantiert ein hübsches, tonisierendes Bild unter all jenen Bildern, die uns nur Unruhe und Konfusion bescheren.
Von Venn sah ich nicht viel; der sah unmäßig viel fern und brütete über etwas nach, das er nicht mitteilte.

Für die Grundierung wollte ich eine Perle aus der Klasse der Erdfarben, das vorzügliche Umbra, später, für die Wände, lichtechte Eisenoxyde, aber welche Ton-Nuance?
Dunkles Englisches Rot, das ginge, aber auch caput mortuum, für den Himmel, in den des Hündchens Pneuma aufsteigt, so Gott will, ein ganz fatales Mangan-Blau dazu, das in seiner Intensität an die Brustpanzer kämpfender Engel – diese Assoziation gab mir noch vor dem Grundieren den Rest, und ich hatte einen erstaunlichen Rückfall.
Aus unbekannten Gründen blühte das Hündchen in Venns Gesellschaft auf, apportierte freiwillig, wenn auch unbeholfen, kleine Gegenstände wie Rasierapparate oder elektrische Zahnbürsten, spielte gern mit Präservativen und benahm sich wie ein junger, unbeschwerter Hund.
Unaufhörlich tauchten von Venn bestellte oder eingeladene Freundinnen auf. Ich lernte die notorische Nora und die barbarische Barbara kennen, die sich photographieren ließen.
Nora arbeitete seit vier Jahren an ihrer Diplomarbeit über die Sprache des Feminismus und Barbara über die Weibliche Grammatik.
Erotisch war ich völlig unadaptiert und damit nicht adaptierbar, was die beiden genossen, war ich doch absolut ungefährlich. Bald benahmen sie sich so ungeniert, als sei ich wirklich ein Neutrum, schickten mich Tampons holen, wenn sie ihre Tage hatten, kniffen mich in den Arsch und belehrten mich in den Pausen über die Weibliche Grammatik.
Immerhin lernte ich auf diese Weise die Witwe von Muthesius kennen, zu der Venn eine vage Geschäftsverbindung unterhielt, wie er sagte – nichts Erotisches, fügte er hinzu, diese Dolores hat eine so dichte Legierung, ich glaube, sie könnte dir die Kehle durchbeißen und danach einen Hamburger essen.
So schlecht war, insgesamt, Venns Prognose nicht.
Dolores, ca. 40, hatte eine blauschwarze Mähne, gletscherblaue Augen und einen sinnlichen Mund, wie Vaszary gesagt hätte, und sie war komplett plem-plem. Natürlich lehnte sie mich ab, und ich vergaß während dieser Episode meinen Kummer. d. h. ich

verbannte ihn, aber sie war, als Person, exakt die Fortsetzung der Grundmisere.
Es hätte mir rechtzeitig auffallen müssen, daß sie gern die Tote Frau spielte; sie dunkelte das Zimmer ab, stellte zwei Kandelaber mit Stearinkerzen auf den Couchtisch vor mein Bett, legte sich schweigend nieder, legte die Arme neben ihren Leib und schloß die Augen.
Küßte ich sie währenddessen, öffnete sie zwar den Mund, bewegte aber kein einziges Mal die Zunge; alles geschah geräuschlos.

69

Der Hummer lebte noch, Brants Geburtstagsgeschenk, sah aber nicht besonders munter aus.
Ab und zu inspizierte ich Brants Zimmer, wohl in der Absicht, Lektüre zu finden, aber was der Kranke seine Bibliothek nannte, war der reine Schund.
Die Handbibliothek bestand aus N. V. Peales, Das Positive Denken, mit persönlichen Anmerkungen von der Hand des konkurrierenden Meisters, einer Bibel, ebenfalls mit sehr persönlichen Anmerkungen des Meisters und selbstverständlich aus dem Material, das Brant für die europäischen und amerikanischen Tourneen benutzt hatte – erstklassige Bücher für den Hausgebrauch des Moribunden wie für den des lebensuntüchtigen Trottels.
Von einem Herrn Schlotter Das Unbewußte als schöpferische Kraft, Geburt und Tod als Durchgangspforten von einem Herrn Schlitz, und endlich Sheldon Cheneys Leitfaden: Wie sie Gott fanden.
Mochten sie immerhin.
Auch intensives Stöbern förderte nichts zu tage, was einen Blick wert gewesen wäre.
Als Geschäftsmann hielt sich der Kranke eine kleine Handbücherei des Mahnwesens, von Komaleck Wie man sein Geld rascher hereinbringt, Listers Mahnverfahren leicht gemacht, Bannisters Umgang mit säumigen Gläubigern und 1000 Mahnetiketten in vier europäischen Sprachen.

70

Habe mir einen Kefirpilz angesetzt, Präsent von Monsieur le Directeur, mit dem ich jetzt oft meinen Abend-Pastis trinke. Jeden Tag einen Liter, sagte Prahl, des Morgens und des Abends, und sie werden sich nach einer Woche wie neugeboren vorkommen; meine Frau ernährt sich ausschließlich von Kefirkulturen. Die Frau stammte aus Limoges und sah aus, als könnte sie sich jede Sekunde hinlegen und klaglos sterben. Ihr Teint war durchsichtig, und wenn sie sich an einem Gegenstand stieß, erschien sofort ein blauer Fleck, der sich nachhaltig hielt.
Ich dankte für sein Geschenk, nahm aber das Zeug nicht zu mir. Der Kefirpilz ging dann sozusagen durch Autodigestion ein, weil ich ihn nicht abschöpfte, er krepierte durch Wucherung.

71

Der Brief von Brant lautete:
Bester Freund,
angesichts der endgültigen Diagnose in Bordeaux vermisse ich sehr Ihre Leichtfertigkeit und Ihr planvolles Unverständnis aller humanen Belange hinieden. Ich habe zu Gott gebetet und bin dann abgereist. Wünschen Sie mir Kraft des Gemüts, des Geistes und der Seele.
Sollte Aurel früher eintreffen als erwartet, so kümmern Sie sich doch bitte um das mitunter unberechenbare Kind.
Der Ihre: Brant.

Und meine Mutter sagte gekränkt, aber gottlob kurz, ich sei ein Schwein, wenn ich nicht auf der Stelle käme, würde ich enterbt und alles bekäme das Tierheim, und fuhr dann in einem anderen Tonfall fort, ich sei schon als Kind ein Schwein gewesen, aggressiv und egoistisch, und ich hätte ihr zu Lebzeiten immer nur Enttäuschung bereitet, über den Tod hinaus.
Nach dieser kryptischen Sentenz übergab ich den letzten Brief den Flammen meines Feuerzeugs im großen Piconaschenbecher und trank eine halbe Flasche Pastis.

72

Nach Wollheims Theorie gibt es die sogenannte Patentkatastrophe. Das ist die Katastrophe oder dasjenige Desaster, das entsteht, wenn man alle Bedingungen, unter denen ein Desaster in der Praxis (und nicht nur theoretisch) passieren kann, sorgfältig präpariert, alle Dispositionen und Subdispositionen aufeinander bezieht, im Sinne einer präventiven Kalkulation, und dann handelt, gänzlich im Einklang mit dem freien Willen oder nicht. Ein solcher Fall war der Un-fall McGee oder Ägypten bleibt kein Traum.

An diesem Fall läßt sich vorzüglich studieren, daß es zu einem Desaster nur dann kommt, wenn man eine Passion hat oder wenn man kraft Blödheit oder allgemeiner Bodenlosigkeit eine Passion suchen muß, die nichts oder nur auf künstliche Weise mit der privaten Disposition zu schaffen hat.

73

Queron geht es im korrespondieren August des Jahres 1783 wieder erbärmlich schlecht.
Dieser Schmutzmechanismus Körper, schreibt er, diese elende Maschinerie, aktiv-reaktiv; diese Abfallprodukte vom Speichel bis zum Sperma, alles Elemente des einen, unwiderruflichen Todesprozesses.
Beth kennengelernt, eine Cousine vierten Grades, kam aus London, ein geistvolles, mandeläugiges Geschöpf, das mein Blut in ärgste Wallung brachte; meine Avancen verpuffen wirkungslos, meine Complimente lassen sie gänzlich unbewegt.
Queron bekommt trotz seines morosen Zustandes bald heraus, was die Dame bewegt – es ist der Geist.

Gingen im Park spazieren bei Sonnenschein. Meine Gesprächsgegenstände und Vernunftschlüsse im Hinblick auf die Natur des Menschen konvenirten nicht. Da fragte mich Beth mit dem lieblichsten Lächeln der Welt, während ihr Busen schwoll:
Die Frage lautet, mein Lieber, kann die Intention oder der Wille allein eine, im Humeschen Sinn, Ursache eines Verhaltens, will sagen, des unmittelbaren äußeren Aspektes einer Handlung sein?
Ich ward blaß und ich stockte in meiner Rede, schützte einen Grund für meinen Abschied vor, befahl im Hause absolute Ruhe und, getrieben von Begierde nach Beth und einer zulänglichen Erwiderung (denn ich wußte mit aller Klarheit – ich würde der Dame nur über Hume teilhaftig), studierte ich frenetisch die Schriften Humes nach der Differenz zwischen Ursache und Wirkung einerseits und dem Prinzip von Grund und Folge andererseits. Denn hier lag die Crux, das hatte ich durch den Satz meiner künftigen Geliebten begriffen: Ursache und Wirkung sind logisch unabhängig, auch wenn es nicht so scheint.

Der brave Queron verwandelt sich binnen einer Woche in einen veritablen Hume-Kenner, findet aber wegen der chaotischen Struktur seines kleinen Gemeinwesens keine Gelegenheit, sein Wissen vor der Dame Beth zu entfalten.

74

Queron ist so verliebt in Beth und das vielversprechende Entzugs-Phänomen, das sie ihm zufügt, daß er seinen ersten und letzten Liebesbrief abfaßt, der als ein wirkliches Dokument seines überströmenden Gemütes zu gelten hat.

Chère Beth,

vom wissenschaftlichen Standorte aus gibt es keine irdischen Processe, die vollkommen exact voraussagbar wären, auch wenn sie unabhängig von uns und unseren sterblichen Planungen oder Kenntnissen exact determiniert seien, so die Unbestimmtheit lediglich in der gänzlichen Unkenntnis liege, im Subjektiven, dies wäre ein Glauben allein und sonst nichts; aber daß ich Sie liebe, dies ist bestimmt und mir ist, als hätte ich Sie immer geliebt. Dies ist wieder eine Unmöglichkeit, das weiß ich wohl, aber nichtsdestoweniger (das Nevertheless macht sich an dieser Stelle besonders schön) sollten wir ein Rendezvous planen, um festzulegen, was allein im Humeschen Sinn die Ursache eines Verhaltens sein kann.

Queron.

75

Ein Buch hatte ich mir von Brant ausgeliehen, das war das königsblaue Bändchen Wie bereichere ich meinen Wortschatz. Beim kursorischen blättern (ich hatte nicht den geringsten Wunsch, meinen Wortschatz zu bereichern, mir genügte der augenblickliche Bestand, mit dessen Hilfe ich mehr als deutlich machen konnte, was mich quält und quälte und wohl auch quälen wird) fiel jedenfalls ein Zettel heraus, auf dem in Brants penibler Handschrift stand:

Wäre man sich jeden Augenblick dessen, was man weiß, ganz bewußt, so würde man sich entweder das Leben nehmen oder in den Irrsinn stürzen.

Wir wollen bewußt und rechtzeitig das letztere wählen, hatte Brant dazunotiert.

Ich schämte mich ein bißchen, an dieser existentiellen Intimität durch Zufall (der nichts entschuldigt) teilgenommen zu haben und brachte das blaue Bändchen zurück in seine Lebenshilfebibliothek.

Den wichtigsten Partikel hatte Brant bei diesem Zitatpartikel ausgelassen (Lesart nach ›ganz bewußt‹ –): würde man z. B. das Fehlen eines sinngebenden Grundes ständig und intensiv erfahren . . .

Nur drei Pastis bei Queron-Lektüre getrunken, zwei Schachteln Gauloises; gute Quote fürs vorsichtige Leben.

76

Venn faßte an einem 2. Mai, um 21 h. 44, als wir im Fernsehen einen Bericht über die amerikanischen Evangelisten ansahen, seine glorreiche Gesunde Geschäftsidee und versank in tiefes Nachdenken auf seiner grauen Couch. Gab aus Versehen, ein Reflex in der Reflexion, dem Hündchen einen Tritt. Der machte ihn sprechfähig.

Höre Kelp, sagte er mehrmals, höre.

Welche Firma gehört zu den erfolgreichsten und den effizientesten der Welt – das ist die Katholische Kirche, der Heilige Stuhl. Da haben wir einerseits ein Sinndefizit, ein berühmtes und beklagtes Vakuum, und da haben wir auf der anderen Seite die Menschen und Individuen, die dieses Sinndefizit besitzen und unter ihm leiden.

Die Kirche vermittelt, sagen wir mal, Sinn und Bedeutung durch ihre Glaubens-Inhalte und ihre Formen, quasi als Ausgleich für das beschissene Leben hinieden, mit jenseitigen Freuden; man muß nur daran glauben.

Auch wir können, kraft Wissen und Erfahrung, einen gewissen Druckausgleich, pardon, Vermittlungsausgleich schaffen zwischen den sinndefizitären Individuen und der Gesellschaft, die diesen Mangel und dieses Defizit herstellt, kapiert?

Klar, sagte ich und dachte an meine tausendzweihundert Defizite, inkl. Liebesdefizit und Kontodefizit usw.

Diese Defizite gilt es auszugleichen, sagte Venn, oder in der Form systematischer Prävention schon im Vorfeld des allgemeinen und diffusen Sinnverfalls, den die Gesellschaft herstellt, zu tilgen oder zu relativieren.

Inzwischen haben wir Nuklearbomben der Dritten Generation in einem völlig neuen Design, die sogenannten selektiven Kernwaffen mit neuen, wesentlich effizienteren Funktionen, sagte Venn, aber jeder empfindet und verarbeitet die Angst vor dem globalen Chaos individuell oder reagiert individuell, nämlich mit Ausflippen und Funktions-Verlust; und das ist unsere einmalige Chance. Man muß die kranken Typen mit negativen Beispielen und Modellen so eindecken, daß sie ihren psychischen Zustand für den eines einmaligen obstruktiven Glücks für sich aufzufassen lernen, eine Art Gegenkonditionierung, aber das muß ich alles noch theoretisch, dann am Modell und hernach experimentell am lebenden Objekt ausprobieren. Die Ausfallquoten sollen anfangs eklatant sein, da aber die sinndefizitären Klienten immer in der Überzahl sein werden, sehe ich im Augenblick keine besonderen Kalamitäten beim Rekrutieren frischen Materials.

77

In Le B. schien die Sonne ausnahmsweise, die Touristen waren abgereist und ich numerierte gerade meine Chaotischen Blätter (natürlich in der Bar, bei einem Pastis), als ein schwarzes Taxi vor dem Hotel hielt.
Eine Weile geschah gar nichts, der Motor machte seine Leerlaufgeräusche. Dann öffnete sich die rückwärtige Tür, und zuerst schien ein schwarzer Slipper aus Eidechsenleder, rote Seidensokken und ein perlgraues Hosenbein; der Rest war Brant mit der Visage einer tragischen, griechischen Maske, die Mundwinkel gesenkt, vor den Augen eine Sonnenbrille. Komplett dem Auto entstiegen, angelte er vom Rücksitz einen schwarzen Stock mit Gummispitze und einem silbernen Griff.
Brant humpelte zum Eingang, ich ordnete meinen Desaster-Thesaurus. Das Licht (Westen) schien meinen kranken Freund zu blenden, denn er sah mich nicht.
He, Brant, sagte ich, alles erledigt, finis coronat opus, sozusagen, setzen Sie sich.
Brant setzte sich mit einem tiefen Seufzen in einen Korbstuhl und sah mich durch die Sonnenbrille an. Lassen Sie uns, sagte er mit überraschend klangvoller Stimme, Champagner bestellen.
Als der Veuve Cliquot vor sich hin moussierte, sagte Brant mit pastoraler Stimme: Ich habe Ihnen eine fürchterliche und zweideutige Eröffnung zu machen.
Aber bitte doch, sagte ich, Aurel Unfall? Frau Mutter nur scheintot? Auch noch die Leber im Eimer?
Nichts dergleichen, sagte Brant würdevoll, und nun folgte diese tragische und komische Geschichte, die mein Schäfchen gerührt, verschämt und mit vielen Pausen von sich gab.
Man hatte ihn zu dem berühmten HNO-Spezialisten chauffiert, am Place de la Bourse, im Herzen todesmutig und zielsicher im Gang.
Der Docteur Frenot war sehr freundlich und besah sich die Kehle eingehend und dann sagte er.
Was sagte der Arzt, fragte ich.

Ich muß erst etwas trinken, sagte Brant, meine Kehle ist neuerdings entsetzlich trocken.
Neuerlicher Versuch.
Kelp, sagte mein Kranker, ich habe überhaupt kein Karzinom, es handelte sich lediglich um eine (an dieser Stelle setzte seine Stimme aus), ich habe, ich meine ich leide, ich litt, ich habe gelitten, es war nicht mehr als (jetzt flüsterte er) eine Zyste; eine Zyste im Larynx-Bereich.
Ich mußte lachen, bis ich beinahe weinte.
Sehen Sie, sagte Brant, diese Reaktion habe ich vorhergesehen. Kein Mensch kann mich ernst nehmen. Hat Aurel etwas von sich hören lassen?
Diese Scham, Kelp – ich präpariere mich aufs Sterben, ich pumpe mich voller Todesmut und Sterbenslust und dann diese Diagnose, eine blöde harmlose Zyste. Kelp, ich habe meine Würde als Kranker verloren und meine Integrität als Mensch.
Ach Scheiße, sagte ich, Mann, seien Sie froh, saufen Sie Ihren Champagner, freuen Sie sich auf die Ficks mit Aurel, ist doch kein Grund zum Heulen.
Brant hatte zu schluchzen angefangen. Versuchte also eine mildere Version.
Wäre es denn, sagte ich, erstrebenswert gewesen, auf dem Sterbelager mit Hilfe eines elektronischen Gerätes aus dem Halsloch zu quaken? Denken Sie nur an den Schrecken, den Sie verbreitet hätten . . . und einen anderen Krebs können Sie ja immer noch bekommen, mein Gott, aber alle diese Zivilisationskrankheiten haben weder mit Würde noch mit Integrität zu tun. Irgendwann erwischt uns eine chemische Keule oder –
Sie verstehen mich nicht, sagte Brant, mein Leben hat seinen Sinn verloren.
Ich war aufrichtig verblüfft. Wieso denn das, fragte ich.
Diese Vorbereitung auf ein würdevolles Ende, sagte Brant, war, glaube ich, das einzig Sinnvolle, das ich je unternommen habe. Vorher habe ich die Menschen betrogen und ihnen falsche Hoffnungen gemacht, sozusagen privat und auf eigene Faust, subjektiv-teuflisch, während die Sterbepräparation etwas

gleichermaßen Objektives für mich war, eine Bedeutung gewann, die weit über mich als finales Subjekt hinausging. Ich hätte Zeichen –

Hören sie bloß mit den verfluchten Zeichen auf, sagte ich und bestellte noch eine Flasche Veuve Cliquot –, und wenn schon Zeichen, dann die richtigen. Sie hatten eine blendende Geschäftsidee, mit dem Schmutz des Positiven etc. und haben dabei Ihren Fickengel Aurel kennengelernt, und alles, worauf wir achten müssen, ist, daß Sie so fit sind wie zu der Zeit, als Aurel Sie noch nicht Onkel nannte.

Wir gehen uns jetzt umziehen, speisen dann – können Sie schlucken?

Brant gab zu, vorzüglich schlucken zu können, ja er habe sein Lebtag nicht soviel und ausgiebig geschluckt wie in den letzten 60 Stunden.

Wie ist es mit Essen, immer noch kontraindiziert, fragte ich.

Kleine Portionen vertrüge er ausgezeichnet, sagte mein gehorsames, gesundes Schäfchen.

Eine Geschichte, die vollständig ist, besteht aus Ereignissen und Mikroereignissen. Die Ereignisse bringt man kettenförmig zustande, so daß sich eine gewisse Kohärenz ergibt; nachträglich.

Ich meinte es gut mit meinem Freund Brant, ich wollte die matten Geister der Libido beleben durch den Anblick der alten Mechanismen und dachte mir nichts Böses dabei, wie immer.

Nachdem es passiert ist, kann ich immer nur sagen, es wäre nur dann nicht passiert, wenn ich dieses oder jenes unterlassen hätte. Aktives Handeln, von dem man denkt, es unterliege rationalen Motiven, ist schon eine unterlassenswerte Angelegenheit.

Es gibt Millionen Porno-Kinos in Frankreich; es gibt PamKinos, die zeigen nur amerikanische Organe in Aktion, soviel ich weiß; es existieren Millionen dänischer und schwedischer Pornos, von deutschen Phantasien, du lieber Himmel, einmal abzusehen.

Aber nein, wir mußten ausgerechnet in ein Kino gehen, das einem Besitzer hatte, dessen Stolz es war, nostalgische Filme zu

zeigen, und wir mußten ausgerechnet um 18 h gehen, obwohl es auch um 14 und um 16 h einen Film gegeben hätte.
14 h lief Der Harem, 16 h Die Insel der Liebe und um 18 h endlich Die Klosterbrüder und ihre Gärten der Lüste. Ich wollte in den Harem, aber Brant hatte eine Animosität gegen alles Orientalische. Die Orientalen quälten die Tiere und verstünden nichts von der freien Marktwirtschaft. Das waren immerhin Einwände.
Ich schlug die Insel der Liebe vor. Nein, sagte Brant, er habe einmal, in jungen Jahren, Urlaub mit einer leicht Behinderten auf Mallorca gemacht, nie wieder. Das war ein noch massiverer Einwand, den ich sogar verstand.
Also gingen wir in Die Klosterbrüder und ihre Gärten der Lüste, ein schöner, altmodischer, mitunter auf seine spezielle Weise romantischer Film, der im ersten Drittel durchaus inflammierend auf meines Freundes verpennte Nerven wirkte.

78

Gesunde Geschäftsideen ohne Grundkapital durchsetzen zu wollen, grenzt an Idiotie. In meiner Umgebung (zu der Anna-M.-losen Zeit) wurde eine Menge gesunder Geschäftsideen realisiert, zum Teil auch ohne finanzielle Basis. Manche Gesunde Geschäftsidee bestand nur darin, sich Geld für die einzig richtige Idee zu verschaffen.

Ein Freund namens Wündrich hatte eine begnadete Idee, sich finanziell zu sanieren, und er brauchte dazu lediglich eine gewisse Kaltblütigkeit, die Liste der Leistungen, ein schöner Ausdruck, der Assekuranzunternehmer bei Invalidität durch Unfall und einen verständnisvollen Arzt.

Da Wündrich sich den Verlust seiner Sehkraft nicht leisten konnte, für den er 100% der vertraglichen Versicherungssumme bekommen hätte, opferte er bereitwillig sein Bein bis zur Mitte des Oberschenkels, mithin 60%. Wie dieses Genie der Selbstverstümmelung das Bein loswurde, erfuhr kein Mensch.

Für den Verlust des Gehörs, total, hätte er auch 60% bekommen, aber er sagte, und ich finde zu recht, daß der Verlust der Gehörfähigkeit die Lebensqualität entschieden einschränke.

Also kaprizierte er sich auf den Verlust einer Hand, für die es 55% gab. Wündrich wählte die Rechte, weil er Linkshänder war, was seine Glaubwürdigkeit erhöhte.

Der Verlust des Armes (Schultergelenk) hätte 70% ergeben, aber Wündrich wollte seine Freundin mit beiden Armen umarmen, ein verständlicher Wunsch.

Da seine Kontrakte mit der Assekuranz nie über verdächtig hohe Versicherungssummen liefen, hätte er endlos weitermachen können, aber die geringen Entschädigungen für Verluste hätten ihn abgeschreckt. Bei Totalverlust des Geschmacksinns z. B. hätte er die lächerlichen 5% bekommen.

Wündrichs Geld schmolz dahin, so endete die Geschichte, und er las viel in Picards Schrift Das Schweigen, informierte sich bei Blinden über die Blindheit und erlag dann der Versuchung, nach reiflicher Überlegung, wie man sagt, die 100% für den

Totalverlust der Augen zu kriegen. Die Freundin (eine charitative Christine) betäubte ihn, einverständig, wie man herausfand, und blendete ihn dann mit Hilfe einer erhitzten Stricknadel; da Wündrichs Geschäfte einen häufigen Ortswechsel erfordert hatten, geriet er für das Attest in die Hände eines Arztes, der die Modalitäten der Selbstverstümmelung nicht für sich behielt (obwohl es sich einwandfrei um eine Fremdverstümmelung gehandelt hatte), sondern weitergab, so daß der arme Wündrich nicht in den Genuß der 100% kam. Man kann nur dem präventiven Gott danken, daß er nicht mehr sehen konnte, wie unglücklich seine Freundin war, die hinfort ihr Los an der Seite eines Mannes mit glücklicheren Geschäftsideen verbrachte.

Das Kino hatte ca. 40 Plätze, purpurrote, überaus bequeme Plüschsessel. Um uns im Genuß der Bilder nicht zu stören, setzten wir uns nicht nebeneinander.
Es war eine schöne, vom göttlichen Marquis inspirierte Filmstory. Ein junges, brünettes Mädchen (ich machte sie in diesem Schwarz/Weiß-Film zu einer Brünetten mit tizianroten Nuancen) namens Adelaide wird während eines Klosteraufenthaltes (die Kutsche kippt um und die Insassen auf die arme Adelaide) in einer Gewitternacht nach allen strengen Regeln der Verführung zur bedenkenlosen Hingabe gebracht. Seltsamerweise ließen mich die Bilder des Mechanismus kalt, wie es Brant ging, weiß ich nicht. Im Hintergrund rauschte der Vorführapparat und ich schloß die Augen. Keine Erektion, alles tot.
Betete, glaube ich, stoß-artig für Brant an den Gott der unauslöschlichen Erinnerung. Meine Engramme der Erotik waren jedenfalls gründlich gelöscht und getilgt.
Plötzlich hörte ich Brants Stimme, die drei Mal hintereinander Nein sagte.
Auf der Leinwand war das Gesicht einer schönen Frau zu sehen, die auf einem Bett kniete; man sah in der Nahaufnahme ihre geöffneten Lippen und die geschlossenen Lippen; der Abt, der sie a tergo bediente, war nur als energetischer Schatten zu sehen, während sie den Motor der Lust zeigte. Brant lag beinahe in seinem Sessel und saugte das Bild der Frau in sein Gehirn; welchen Reiz es wieder dort auslöste, läßt sich nachträglich nur schwer rekonstruieren.

Brant floh ins 18.30-Licht (Regen und ein bißchen Nebel) und ich eilte hinterher. Bleiben Sie doch stehen, schrie ich, was ist denn passiert? Haben Sie keinen hochgekriegt, ist es das?
Brant ging im Eilschritt in Richtung Hotel, trat gewaltig in Pfützen und bespritzte uns vollständig. Vielleicht, dachte ich, war er wieder aphon; dann solltest du ihn mit einer deiner heiteren Geschichten ablenken. Im Kino, sagte ich keuchend, ein

Fiasko zu erleben, ist pottnormal. Ich war mal mit einem Freund in Deep Throat, wissen Sie, diesem Klassiker der Fellatio-Kunst, der konnte drei Tage lang nicht mehr schlucken, so hatte ihn der Mist mitgenommen. Alles verständlich, wirklich Brant.
Schließlich blieb Brant stehen, in einer Pfütze, vor einem kleinen Waffengeschäft. Im Schaufenster lagen auf grünem Filz Fahrtenmesser, ein alter NS-Dolch (120 Francs), eine Armbrust mit eloxierten Beschlägen. Das Glanzstück war ein Remington-Pumprepetierer. Brant warf einen Blick auf die männlichen Symbole, würgte und hastete blindlings weiter.
In diesem Augenblick (wieder nicht berechenbar) ergab irgendeine Unstimmigkeit in der Atmosphäre einen Wolkenbruch.
Wollen Sie die schöne, aber kurze Episode mit der nekrotropen Dolores hören, fragte ich beschwörend, während mir der Saure Regen in die Fresse floß, oder wollen Sie lieber die schreckliche Geschichte mit der mörderischen Jessica hören, sehr anregend, sehr amüsant, unbedingt empfehlenswert. Jessica machte wirklich einen lammfrommen Eindruck mit ihrer Hornbrille auf der Stupsnase, da hatte Venn recht gehabt. Aber er hatte mich nicht gewarnt, hören Sie überhaupt zu? Über einen kleinen, erheblichen Punkt, der einer Macke gleichkam – sie haßte Kerle, konnte sich, allen emanzipatorischen Träumen von stillen Refugien und Orgasmusparadiesen zum Trotz, ohne Kerle eben keinen Orgasmus verschaffen. Wenn sie mit mir schlief, mußte ich mich ausgezogen auf den Rücken legen, und sie deckte mein Gesicht mit einem dunklen Tuch ab, unter dem auch ihr Papagei, der hieß Pepi, schlief. Dann setzte sie sich auf mich, manipulierte ein bißchen und sagte vorher immer, weil ihr bei der Klimax die Worte zu fehlen pflegten: halt bloß dein dummes Maul. Sie wurde immer schneller fertig als ich und ließ mich dann mit ziemlich gespannten Nerven und Organen liegen und schloß sich dann im Badezimmer ein, um sich vom männlichen Schmutz zu reinigen.
Keine Reaktion, wenn ich mich richtig erinnere.

Eines Tages kam Venn zu mir und sagte (ich taute gerade den Kühlschrank ab, ein molliges Bosch-Modell, das ein bißchen an die gute Nora erinnerte), ich müsse nicht jedem der Mädchen sagen, daß ich sie liebe, wenn ich nur mit ihr ins Bett wolle, du mischst, sagte er nachdrücklich, auf ungute Weise das Seelische mit dem Körperlichen.
Venn passierte in der Zeit etwas Komisches, vielleicht, weil ihn die unaufhörliche Suche nach der guten Geschäftsidee ein bißchen debilisiert hatte. Er verliebte sich in Susanne, eine stille Politologin mit Riesentitten, die sehr einschüchternd waren, denn sie schwang sie wie Glocken, wenn sie ging.
Venn machte ihr (im Suff, nehme ich an) einen Heiratsantrag und benutzte dazu das Vokabular der Christa Meves, also ein paar kernchristliche Elemente, und dann natürlich die Schote mit der Geborgenheit, der Mann als Baby. Susanne hörte sich das an, stand auf, griff in Venns Haare, die damals noch dicht waren, und knallte seinen Schädel gegen die Holzlehne des Sofas.
Dann ergriff sie den ersten besten Gegenstand, in dem Fall ein Siphon aus Metall, und verprügelte Venn nach Strich und Faden, wie man sagt. Zum Schluß war Venn im Besitz eines Hämatoms unter dem Auge, einer gespaltenen Unterlippe (Susanne hatte viel Gefühl für Symbolisches) und ein paar Kontusionen an Kopf und Leib.
Scheiß Softie-Masche, sagte Susanne zum Abschied.

Allmählich bekam ich keine Luft mehr, laufen und gleichzeitig erzählen ist eben schwierig.
Brant, sagte ich zu seinem Rücken, den ich kaum sah in dem beschissenen Regen, bleiben Sie doch stehen. Dort ist eine Bar, hören Sie, eine Bar, und man könnte sich hinsetzen und über alles reden. Sind Sie wieder aphon oder was ist los?
Brant stürzte in die kleine Bar Chez Madame, winzig kleine Tische mit karierten Tischdecken und drei parallele Neonröhren an der Decke, ein Ventilator, und setzte sich sofort mit dem Rücken zur Wand mit einer Pastis-Reklame.
Ich orderte bei Madame, auch eine hübsche Brünette mit brau-

nen Augen, eine Flasche Armagnac. In Zeiten der Krise soll man nicht sparen.

Brant, sagte ich ernst, was ist passiert, was ist so schreckliches passiert. Sie sind kerngesund, sie erfreuen sich wieder bester Gesundheit und die Aphonie geht auch vorbei. Soviel gibt es sowieso nicht zu sprechen. Als ich es einmal mit Anna-M. treiben wollte, natürlich mit ihrem Einverständnis, gabs ein Fiasko, weil mir plötzlich mein sterbendes Mütterchen einfiel – das knickt jede Potenz, und wenn ihnen dann die Küchengerüche einfallen, ist der erotische Impetus sowieso im Eimer. Brant nickte wie ein Automat. Ich wußte nicht weiter. Vielleicht, sagte ich, gibt es ja ein männliches Äquivalent zum Klimakterium, inkl. der Zeichen, also fliegende Hitze etc. – leiden Sie unter fliegender Hitze?

Brant sagte, er leide nicht unter fliegender Hitze.

Da ist guter Rat teuer, sagte ich, Venn hatte einmal einen solchen Fall, eine männliche Menopause. Nach ein paar Masturbationsübungen gings wieder.

Brant soff seinen Armagnac wie ein Bewußtloser und wiegte dabei seinen Oberkörper hin und her.

Man kann ja auch, sagte der arme Kelp ratloser denn je, kompensieren und sublimieren. Als Anna-M. so unwiderruflich erkaltete, während mein Verlangen immer heißer wurde, hielt sie mich auch zu großen Sublimationsleistungen an. Zuerst ist es ein bißchen schwer, vor allem dann, wenn das Herzblatt sich nackt im Bad kämmt oder im Höschen herumstreift, nach dem Mot juste suchend – aber gerade dann ist ja das Sublimieren erst eine echte Leistung.

Wissen Sie, fragte Brant plötzlich, wer die Frau in dem Film war?

Nee, sagte ich und sah Brant an, dem die Tränen über seine Leidens-Falten und Stoppeln liefen, kein schöner Anblick an einem Regentag, und dann noch versackt in Frankreich.

Es war meine Frau, sagte Brant, meine über alles geliebte, wunderbare, sanfte und schöne Natalia, die da von dem Kerl geschändet wurde.

Es sah mir nicht nach einer Schändung aus, sagte ich, im Gegenteil –
Das hätte ich nicht sagen dürfen, jetzt öffneten sich die Schleusen, und seine strapazierten Nerven hatten ihren Kollaps.
Und ich, sagte er unter viel Schluchzen, wunderte mich immer über ihre engelhafte Zungenfertigkeit, ich Idiot, ich Volltrottel, ich positives, naives Arschloch.
Ich riet ihm, die kleine Aurel seine Wunden lecken zu lassen.
Ach Aurel, sagte mein gesunder Brant mit Verachtung, diese dämliche Votze mit ihrem populären Dreck im Kopf. Wissen Sie, wer ihr Lieblingssänger ist? Karel Gott.
Du lieber Himmel, sagte ich bestürzt und faltete nach meinem Schluck Armagnac die Hände auf dem Tisch.
Eine völlig verfahrene Situation. Brant heulte ab und zu, wenn es ihn überkam, und hatte inzwischen die Hälfte der Flasche intus.
Ihn fortzuschaffen, wäre eine Aufgabe. Aber er wollte nicht fortgeschafft werden, nein, mein Schäfchen wollte trauern und trinken und entdeckte zu meinem Leidwesen eine uralte, stahlende Jukebox neben dem Eingang zum Klosett. Machen Sie Musik, sagte Brant, drücken Sie alles von Melanie, Melanie ist mein Fall. Kennen Sie das Cover mit ihrem Gesicht und der Kerze? Zum sterben schön, wie meine Natalia. Gehen Sie schon.
Von Melanie gab es leider tatsächlich eine Single, nämlich Ruby Tuesday, die ich im Verlauf dieses katastrophalen Abends ungefähr fünfzig mal zu hören gezwungen war. Bei jedem der ersten Gitarreneinsätze absolvierte Brant Weinkrämpfe. Je schwächer seine Krämpfe wurden, desto größer wurde meine Anfälligkeit für alle Elemente dieser sentimentalen Situation, und als Melanie das dritte Mal losbrüllte, sah ich den Armagnac vor lauter Tränen nicht mehr. Es war ja nicht Ihre Anna-M., sagte Brant begütigend.

80

Für die Abfassung des Annoncentextes für die Große Geschäftsidee zog sich Venn genau drei Tage zurück in sein Studio (das Zimmer neben dem Gastklosett), von Freitag, fünfzehn Uhr, bis Sonntag, pünktlich 20 h. In der Zeit aß Venn nur ein paar Vitamin-Pillen und trank Diätbier, alkoholfrei. Hin und wieder gestattete er sich Ablenkungsmanöver und schaute mir beim Photographieren toter Objekte mit der Plaubel-Camera zu.
Alle großen Ideen, sagte Venn, liegen eigentlich auf der Straße. Die Idee ist da, nur das Formulieren macht mir diverse Schwierigkeiten.
Du ringst mit dem Wort, fragte ich.
Wo denkst du hin, sagte Venn, von Ringen kann nicht die Rede sein, der Text und die Textur, das Kontextuelle sozusagen muß den richtigen Schliff kriegen. So ein Text muß wahrhaftig und aufrichtig sein, ich will meine Klienten nicht betrügen – sie sollen wissen, was wir verkaufen und was sie dafür bezahlen müssen, Ware rein netto Cassa, wie unser Geistesbruder Gustav Gans, der Glückspilz, zu sagen pflegte; und unsere Ware ist wirklich reell, wir verkaufen gesunde Erfahrung und gesunden Menschenverstand.
Wie wars mit Jessica?
Nett, sagte ich, eine selbständige Frau, sehr emanzipiert, heiter und ausgeglichen.
Wie angenehm, sagte Venn abwesend.

Am Sonntag saß ich im Fernsehzimmer und sah mir eine Psychologenrunde im Dritten Programm an, eine Psychologenschnepfe und ein männlicher Psychoidiot und ein verstörtes Ehepaar, das gequält in die Kamera mit dem roten Lämpchen glotzte. Der Ehemann hatte mit einer anderen geschlafen und die Frau fürchtete sich jetzt vor Aids.
Das Vertrauen fehlt, sagte die Frau.
Ich kann mich nicht mehr sexuell einbringen, sagte der Mann.
Gerda hat grundsätzlich recht, sagte der Psychoidiot.

Man muß aufeinander zugehen können, sagte die Schnepfe, und ein Dunst von Verständnis breitete sich im Studio aus, als hätte jemand gefurzt.
Leider störte mich Venn, der mit einer Flasche Champagner unter dem einen Arm und einen Blättchen Papier in der anderen Hand ins Zimmer stolperte. Laß jetzt den Quatsch, sagte Venn und machte den Champagner auf.
Es fehlen Gläser, sagte ich, geh sie holen und ich werde erfahren, ob Gerda jemals wieder mit Horst fickt. Du hast Probleme, sagte Venn und holte die Gläser. Da sich keiner so recht einbrachte, um zu zitieren, schaltete ich den Apparat aus, um auf das Ergebnis der drei Tage Blut, Schweiß und Tränen zu warten.
Wir tranken und Venn sagte, es sei natürlich erst ein Entwurf, ein sehr vorläufiger Entwurf, eine Exhauration sozusagen, ein Vorentwurf für den wahren Text, und ich möge die kleinen Fehler entschuldigen, ein Lapsus linguae käme nicht vor, aber eine gewisse Unreinheit des Gedankens sei dadurch zu entschuldigen, daß ein Konzept in der durch die Gesamtidee gebotenen Präzision des vagen Gesamtzieles wegen schwer –
Nun lies schon vor, sagte ich.
Moment, sagte Venn, sollte dir der Text ein bißchen windig vorkommen, und dem Laien erscheint in dieser heiklen Sphäre alles windig, so bedenke nur, daß sogar die Konstruktion der Psychoanalyse ein Kunstwerk ist, ein Artefakt von verschiedenen Individuen zu verschiedenen Zwecken operationell und instrumentell –
Sicher doch, sagte ich, gib schon her oder lies vor.
Sofort, sofort, sagte Venn, aber ich solle bedenken, wieviel Störungen er ausgesetzt gewesen sei. Über mir hat jemand unausgesetzt den Flohwalzer gespielt, sagte Venn beleidigt. Proust z. B. ließ sein Studio mit Kork füttern, um ungestört zu sein. Das sind ideale Arbeitsbedingungen. Ich weiß nicht, wie professionelle Autoren arbeiten, aber eine gewisse Stille scheint mir das oberste Gebot zu sein. Dann hast du, aber ich habe dir längst verziehen, mit dieser Nora einen derartigen Lärm im Bett gemacht, als hättest du Jesus Christus persönlich gezeugt –

Pardon, sagte ich, das Bett krachte zusammen bei dem Versuch, unsere Yin- und Yang-Impulse in einer Seitenlage zu fusionieren –
Bitte, sagte Venn, dann hat es rechts über mir immer mal wieder gehämmert, aber kein ordentliches Hämmern, sondern ein halbherziges, bizzarres Hämmern, als wollte jemand seinen Daumen an eine Türfüllung nageln, kennst du eigentlich die entsetzliche Geschichte von McGee in der Großen Königskammer der Cheopspyramide?
Nein, sagte ich, gib mir verdammt noch mal endlich den Text her.
Ein Problem, sagte Venn aufgeräumt, wird diese lebenspraktische Arbeit in jedem Fall erledigen. Ist dir schon aufgefallen, daß der Anblick oder die distanzierte Rezeption des Unglücks anderer Leute eine erstaunliche Entlastung bedeutet, ja mitunter einen Heiden-Genuß?
Sicher, sagte ich und sah ostentativ auf sein Blatt Papier, das Ergebnis von drei Tagen geistiger Arbeit. Die meisten Menschen leben ja entfremdet, sagte Venn mit der Stimme eines Sozialfürsorgers, und kennen ihre wahren Interessen nicht –
Hauptsache, sagte ich, du kennst deine . . .
Darauf wollte ich gerade kommen, sagte Venn, denn das Problem besteht kurz gesagt darin: das Verlangen ist weg, verstehst du? Keine libidonösen Besetzungen mehr. Und das ist ein Verlust.
So so, sagte ich und blickte durch meine Objektive auf die weißen Schnurrhaare einer toten Ratte, auf meiner Platte lag sie auf dem Bauch, eine schöne Inversion.
Was ist mit dem Text los, fragte der geduldige Kelp zum vierten oder fünften Mal.
Er ist ein Meisterwerk, sagte Venn, wenngleich er seine kleinen Schwächen hat, die in der Natur der Sache liegen. Vorhin sah ich zufällig die Brüste von Angelica, das ist die Blonde, die im Augenblick bei uns putzt, sie schreibt gerade ihre Diplomarbeit über Maria Montessori und – Ja, sagte ich, was war mit Angelicas Titten?

Nichts, sagte Venn, das ist ja das Schlimmste, nicht die kleinste Reaktion, dabei hat sie auch wunderbare Beine, und die Brüste wackelten lieblich beim Gehen und die Brustwarzen zeigten ein bißchen auf 22 h. Früher immer ein unwiderstehlicher Reiz, aber jetzt absolut nichts.
Fatal, sagte ich zufrieden und versuchte sein Interesse abermals auf den Text zu lenken.
Immer, sagte Venn, wenn ich ein Wort niederschrieb, schien es mir falsch zu sein, und wenn es das Richtige zu sein schien, dann stimmte der Kontext nicht. Ich bewundere aufrichtig die Leute, die sich einfach hinsetzen und dann nach einiger Zeit einen Text fertig haben.
In 90%, sagte ich, sind dann auch die Texte so einfach.
Das mag stimmen, sagte Venn, aber ich bin, das mußt du wissen, ein Purist der Sprache, ein Maniak des guten Genitivs und ein Genie der Partizipialkonstruktion.
Na dann gib mal den Text, sagte ich, und Venn reichte mir mit einem bigotten Blick den folgenden Text:

LEBENSHILFEPRAXIS
VENN, KELP & CO.

Wir heilen alles!
Philosophische Praxis!
Praxis der Philosophie!
Lebenspraxis!
Praxis des Lebens!
Keine Lage entlegen!
Alle verbreiteten oder entlegenen Schulen!
Alle Lehrmethoden!
Keine Kassenpatienten!
Barzahlung oder Scheck möglich!
Bei Mißerfolg Geld zurück!
Wir arbeiten auf der Grundlage des Picardschen Prinzips!
Wir arbeiten auf Wunsch nach Brewsters Methode!
Methoden und Systeme nach Wunsch!

Schnell und preiswert!
Getränke vorhanden!
Weibliche Pflegerinnen!
Ansprechendes, HLV-Unbedenkliches Gesamtpersonal!
Konfession kein Hindernis!
Honorar nach Vereinbarung.

Ich sagte, der Text sei großartig, von Kleistscher Wucht sozusagen und äußerst werbewirksam.
Meinst du wirklich, fragte Venn sehr oft, bist du aufrichtig dieser Auffassung?
Es ist eine Proklamation von alttestamentarischer Qualität, sagte ich, dir werden die Klienten in Heerscharen zulaufen. Aber sage mir eines – was ist die Brewster-Methode?
Keine Ahnung, sagte Venn, das würde sich schon finden. Picard, der Philosoph des Schweigens, wäre allerdings eine vorzügliche Idee. Venn stellte sich vor, er läse den Probanden immer mal wieder aus dem Hauptwerk Picards vor (Das Schweigen, hieß dieses Ding, wie dieser blöde Existentialstreifen) und verdonnere sie hernach zu einem eisigen Schweigen, mit sich selbst bei Infrarotlicht oder dergleichen.
Eine glorreiche, sagte ich, den Lebenspraktiker entlastende Praxis. Ein Passus sei natürlich fatal: Bei Nichterfolg Geld zurück.
Venn sagte, gerade diesen Punkt habe er sich genau überlegt. Bei seiner Methode (ich glaubte damals tatsächlich, er habe eine Methode) hätten die Patienten oder Probanden kein Bedürfnis mehr nach einer neuerlichen Konsultation.
Eine gute Geschäftsidee, sagte ich.
Tja, sagte der gute Venn, was ist im Kapitalismus schon eine richtige gesunde Geschäftsidee; doch nur die, das entfesselte und systematisch hergestellte Elend der totalen Entfremdung dergestalt zu exploitieren, daß man als Vermittler zwischen der subjektlosen Gesellschaft und ihren beschädigten Subjekten einen guten Schnitt mache, ohne die Idee oder das Grundgefühl einer egalitaristischen Privatmoral zu gefährden.

Natürlich ist es so, fügte er traurig hinzu, als wolle man allemal sanierter davonkommen als die Opfer, die ja nur ein Sujet sind, betrachtet man die Sache auf Distanz, die notwendig ist für die blühende Gesundheit der Geschäftsidee.
Während des Ausstoßes dieses kleinen Venn-Essays hatte Venn eine beinahe fromme Stimme, und er sah so verantwortungsvoll aus wie irgendeiner der kleinen Propheten.
Konfession kein Hindernis! Würde ich weglassen, sagte ich. Da sind die Leute empfindlich, man weiß nicht warum. Ich habe mal mit einem Mormonenmädchen gevögelt – du lieber Himmel, diese Vorkehrungen, und alles war stockdunkel und Jungfrau war sie noch dazu; das war ein Stochern, Stoßen und Verirren . . .
Gottja, sagte Venn, da möge ich Recht haben. Die Leute ließen sich den Kopf mit falschen oder überflüssigen Informationen vollscheißen, ertrügen klaglos, jedenfalls die Mehrheit, daß man sie anonym und behörlicherseits gebilligt vergifte, während das Atomwaffenpotential im Augenblick 18 000 Megatonnen betrüge, was 6000 Weltkriegen im Stil des Zweiten entspräche, ausgedrückt in der Parametern von Megatonnen, und trotzdem könne niemand öffentlich sagen, daß er aus vernünftigen Gründen auf die Symbole des Christentums scheiße, ohne belangt zu werden.
Woher die ansprechenden Pflegerinnen kämen, fragte ich. Die rekrutieren wir aus Nora, Jessica, Susanne, sagte Venn, deine Anna-M. wäre wohl nicht bereit –?
Aber nein, sagte ich, wo denkst du hin.
Ich begreife deine Einwände gegen den Text, sagte Venn nach einer Weile, aus diesem Grund habe ich einen zweiten angefertigt, der dem ersten Entwurf, was seine Prägnanz betrifft, wohl überlegen sein mag.
Der Text lautete und wurde dann auch so annonciert:

STERBE-, LEBENS- UND EHEBERATUNG FÜR ANSPRUCHSVOLLE MIT SINN-DEFIZIT AUF DER GRUNDLAGE EINSCHLÄGIGER UND BEWÄHRTER SCHULEN UND METHODEN NACH WAHL, UNTER BESONDERER

BERÜCKSICHTIGUNG DER KOMMUNIKATIONSTHEORIE UND -PRAXIS, AUCH HAUSBESUCHE MIT DIREKTINTERVENTION AUF SPESENBASIS UND FESTHONORAR.

Das ist es, sagte ich begeistert und machte eine Aufnahme von Kelp mit seinem Blatt Papier in der siegreichen Schreibhand.

81

Soviel ich weiß, brachte ich mit der Wirtin (einer Angelique) Brant auf einem Billardtisch im Hinterzimmer zu einer vorläufigen Ruhe. Wir deckten ihn mit einer Wolldecke zu, und Angelique fütterte mich mit kleinen Partikeln Gras de Foie. Die Verständigung war großartig, ich sprach ein bißchen Englisch und die kleine A. erwiderte in ihrem klangvollen Französisch.
Am nächsten Morgen fand ich mich in ihrem Bett mit Messingpfosten und -stangen. Sie lag neben mir, auf der Seite, und ich sah ihre schöne Rückenlinie und ihren wohlgeformten Popo, der mich schmerzhaft an Anna-Ms Formen erinnerte, daß ich ihn wild zu streicheln anfing. Die junge Dame wachte auf und gab mir eine sanfte Ohrfeige, wobei sie leise Merde alors sagte.
Brant hatte einen schrecklichen Kater, geradezu katastrophal (Brants Worte), und ich schleppte mein versoffenes Schäfchen, das sich an nichts erinnerte, zurück ins Hotel, wo uns die vorwurfsvollen und indignierten Augenbrauen von Monsieur Prahl empfingen.
Ich duschte und legte mich noch einmal auf meine fragile Lagerstatt, die alle Seufzer ausstieß, die ich mir ersparte. Gegen 12 Uhr mittags lag ein Zettel unter meiner Tür.
Mein Lieber Kelp,
Sie haben mich durch Ihren egoistischen Wunsch, sich einen Pornofilm übelster Provenienz ansehen zu wollen, in eine katastrophale Lage gebracht, die meinen Gesundheitsstatus auf das Gefährlichste bedroht. Bringen Sie mir bitte eine Bouillon mit Mark und ein Baguette, dazu eine Flasche St. Emilion, aber bitte einen guten Jahrgang, Premier Cru in jedem Fall, und bitte treiben Sie in der Papeterie alle deutschen Zeitungen auf, deren Sie habhaft werden können.
Ihr Brant, Herzl.

Kaufte ihm seine Zeitungen, es war der 22. August, und das Fiasko mit Aurel und der Tod von Brant lag, hätte ich die Zeichen bemerkt, vor mir wie ein Stadtplan. Für alle Fälle nahm ich noch eine Flasche Champagner nach oben, damit Brants Kreislauf den schlechten Zeitungsnachrichten gewachsen sein konnte.

82

Venn mußte einen Überziehungskredit in Anspruch nehmen, und ich butterte das kleine Erbteil von 40 000 Kröten in diese verfluchte Praxis.
Die Mädchen halfen uns rührend bei allen innenarchitektonischen Fragen, suchten die richtigen, tonisierenden Bilder aus und achteten auf die psycho-logisch richtigen Farben, so daß grün und schwarz vorherrschte.
Ich sah mir gerade meine Lieblingssendung an – (Ich und Du, psychotherapeutische Gesprächsrunde für Erwachsene) und beobachtete gebannt eine hochbrüstige Psychologin mit den Blikken einer frisch Stigmatisierten, die gerade ihr weibliches Opfer bearbeitete, um herauszubekommen, welche europäische Position sie bevorzuge, um ihren Gatten glücklich zu machen, da kam Venn ins Zimmer mit den Worten, es sei vollbracht.
Die Frau, sagte die Psychoschnepfe gerade, ist das fließende Prinzip und der Mann –
Was ist vollbracht, fragte ich.
Die Praxis steht, sagte Venn, wir sind komplett, jetzt gehe ich die Annonce aufgeben, im Fettdruck.
Ich bat ihn, meinen Namen aus der Annonce zu tilgen. Venn war entsetzt und sagte, das sei eine Katastrophe, er habe fest mit mir und meinen einschlägigen Erfahrungen in Sache Lebensmisere und Desaster gerechnet; das sei ein Schlag und ein Verrat.
Meinetwegen, sagte ich, mache ich mit, aber nur unter einer Bedingung.
Aber gern, sagte Venn, wenn du mitmachst . . .
Ich möchte, sagte ich, mit der sagenhaften Susanne ein synthetisches Beziehungsgespräch führen in der Manier und den kostbaren Ausdrucksmöglichkeiten der Dame Meves, um dann kraftvoll verprügelt zu werden; ob man die kritische Frau vielleicht durch Geld oder Überredung dazu bringen könnte.
Du bist ein perverses, masochistisches Schwein, sagte Venn mit leichtem Ekel und machte sich davon.

Gehört es doch zur Würde des Menschen, zumal des männlichen Menschen, sagte der Psychoheini mit schlaffen Haaren, die Ejakulation verzögern zu können, was, auch das muß gesagt werden, mit der Würde der Frau elementar . . . usw.

83

Brant lag in seinem blauen Morgenmantel auf seinem Bett. Die Vorhänge, grauer Nesselstoff, waren geschlossen. Setzen Sie sich, sagte er mit matter Stimme, und lesen Sie mir aus der Zeitung vor. Aber bitte – nur Nachrichten über Katastrophen.

Ich las also vor, und die erste hieß: Jumbo stürzt auf McDonalds ab, 200 Tote.

Das ist keine echte Katastrophe, sagte Brant, wenn die Leute Hamburger fressen, sind sie selbst schuld.

Dreiköpfige Familie an Knollenblätterpilzvergiftung in Hanau gestorben.

Wer frißt schon verseuchte Pilze, sagte Brant, widerlich.

Kind in Karpfenteich ertrunken – wollte Brant auch nicht hören, so daß ich ihn fragte, welche Katastrophen er zu hören wünschte.

Globale, sagte Brant, ich will etwas über Blizzards hören, verheerende Hurricans mit weiblichen Namen, über namenlose Windhosen, Überschwemmungen, Vulkanausbrüche, Erdbeben, Erdrutsche und Lawinen.

St. Moritz unter Riesenlawine begraben, sagte ich laut.

Wieviele Tote, fragte Brant begierig.

Über 1000, sagte ich ohne Zögern.

Wunderbar, sagte Brant, bekannte Persönlichkeiten darunter?

Darüber wird, sagte ich, leider nichts gesagt.

Bedauerlich, sagte Brant, die Zeitungen vernachlässigen ihre Informationspflicht. Ähnliche Katastrophen?

Tanker in der Bucht von San Sebastian explodiert, sagte ich, Sachschaden geht in die Millionen, schreckliche Szenen mit brennenden Touristen am Strand, eine Eisbude wie durch ein Wunder unbeschädigt.

Phantastisch, sagte Brant, nur weiter.

Teile Seouls unter Wasser – gefiel Brant nicht so gut, weil es eben nur Teile waren, er aber wollte jetzt alles. Allmählich gingen mir die Einfälle für globale Katastrophen aus und ich mußte mir ein anderes Feld suchen. Wie wäre es, sagte ich, mit

Säureattentat auf Mona Lisa, Bild völlig zerstört, nicht mehr restaurierbar, Täter wird in klerikalen Kreisen gesucht.
Es gibt ja wohl genügend Reproduktionen, sagte der enttäuschte Brant.
Da meine Kehle trocken war, machte ich den St. Emilion auf, Premier Cru 1977, und goß zwei Gläser ein.
Deutsch-amerikanische Korrespondentin beißt Liebhaber Penis ab, Mann verblutet auf Liebeslager, Frau auf der Flucht.
Kelp, sagte Brant streng, Ihre Phantasien in allen Ehren, aber lesen Sie mir bitte nur seriöse Nachrichten vor.
Aber bitte, sagte ich und trank vor der nächsten Katastrophe einen großen Schluck Wein.
Mekka der Anthroposophen, das Goetheanaeum, abermals abgebrannt, Schweizer Ermittlungsbehörden vermuten Brandstiftung aus allopathischen Kreisen.
Das ist eine hübsche Nachricht, mein lieber Kelp, sagte Brant, aber die allopathischen Kreise sind mir ein bißchen verdächtig. Aber ich danke Ihnen für die Mühe der Erfindung, die mich erfrischt hat.
Haben Sie schon nach der Post geschaut? Nein? Aurel könnte ihre Ankunft avisiert haben.
Aurel hatte avisiert.
Sie kam am 15. August mit dem Bus von Périgueux in Le B. an und würde leichtes Gepäck haben.
Auf der Postkarte mit der Abbildung eines Fjords stand der kleine Text:
Mein lieber Roué,
komme am 15. mit dem Bus 16.22 h. Hol mich ab. In alter Liebe: Aurel.

Während die Turbulenzen meiner Umgebung zur endlichen Etablierung der Gesunden Geschäftsidee zunahmen, lag ich in meinem Zimmer, das abgedunkelt war, und ließ systematisch meine singulären und seriellen, zufälligen und selbst induzierten Desaster und Katastrophen Revue passieren vor dem sog. Inneren Auge.
Am hartnäckigsten widersetzte sich das Anna-M.-Fiasko einer Vertreibung oder gar einer Verdrängung, aber hin und wieder drängte sich das Ablenkungsmanöver mit McGee und Magdalena (das ägyptische Desaster mit McGee) erfolgreich dazwischen. Paßte ich während der Gedanken-Serien nicht auf, schob ich unaufhörlich mit Laken bedeckte Zuhse-Leichen mit ihren nackten Zehen über endlos lange Korridore bis zum Lastenlift. Dann öffneten sich die Türen mit hydraulischem Seufzen, und ich sank ins Kellergeschoß, wo schon der Levantiner wartete, damit wir vereint die Leichen in ihre kleinen Kabinen stopfen konnten.

Mit Anna-M. ging es nicht mehr so weiter. Telephonierte sie, kroch ich hinter Möbelstücke, um herauszukriegen, mit wem. Waren es Kerle, sah ich rote Schleier, knirschte mit den Zähnen und biß dann in unschuldige Zierkissen.
Selbstverständlich schliefen wir schon lange getrennt. Nur unter der Droge Alkohol gab es hastige Verschmelzungen, was für ein zahmes Wörtchen für den frenetischen Clinch, diesen Kampf, in dem wir uns keinen Augenblick losließen, wo wir unerhörte Griffe anwendeten, um den Gegner zu erschöpfen, zu verwunden und zum Fließen zu bringen, jeder festgesaugt am anderen.
Einmal küßte ich sie an einem Morgen außerplanmäßig, weil mich ihr geöffneter Morgenmantel scharf gemacht hatte – sie funktionierte blendend in ihrer morgendlichen Trance mit einem erstklassigen Uppercut. Mein Schädel schlug an die Kühlschranktür, im Inneren des Kühlschranks schepperten die Bier-

dosen (das himmlische Astra), und ich ging in einer kleinen Sternenwolke zu Boden. Von dieser Position konnte ich mühelos ihre Beine sehen, makellos bis oben; in solchen Augenblikken trat sie mich wohl auch, nichts als ein Reflex, barfüßig in die Testikel.
Nach derlei Tritten war triebökonomisch bei mir alles in Ordnung, und man konnte unter leichten Schmerzen an etwas anderes denken, bis die Wunschmaschine wieder zu laufen anfing, immer auf hohen Touren, das versteht sich, das war ja das Fiasko, hätte ich mich nur einmal erholen können, hätte ich ja die Kraft für eine sanfte Notzucht gehabt.

85

McGee hatte nur den einen Wunsch – er wollte eine Nacht in der Königskammer der großen Pyramide des Cheops verbringen. Nichts Bedeutendes, sagte er, bin ja kein Mystiker. Ich will einfach eine Nacht den Stimmen der Toten lauschen, das Gewicht der Steine spüren und dazu einen guten französischen Wein trinken, mehr nicht.

Wir waren einverstanden, ihn zu begleiten. Bezahlt wurde die Exkursion von einem Forschungsstipendium seines kalifornischen Colleges. Im August brachen wir auf, McGee, Magdalena und der frauengeschädigte Kelp. Wir nahmen drei Zimmer im Mena House, nahe Gizeh, und McGee mußte endlos viel telephonieren und Bakschisch verteilen, ehe er die Erlaubnis bekam, seine Nacht in der großen Pyramide zu absolvieren.

Gegen Mitternacht brachten wir unseren Freund, den Wissenschaftler McGee, zur Pyramide, mit ein paar Decken, kaltem Aufschnitt und drei Flaschen eines Chateau Margaux.

Fünf Minuten später war er im Eingang des Kalifen el Mamun, seinen Herodot unter dem Arm, verschwunden, und während wir langsam zurückwanderten, es war eine klare, heiße Nacht, kletterte McGee wahrscheinlich die Große Galerie empor. Ich machte Magdalena betrunken, sagte dann, ich könne nur mit den Frauen schlafen, denen ich zuvor das Geständnis gemacht habe, sie zu lieben, was Magdalena indifferent aufnahm, wir trieben es ein bißchen, aber die Hitze, der Alkohol und unsere offenkundige Gleichgültigkeit erzeugten letzthin nur ein gewöhnliches Fiasko.

Ging dann auf die Terrasse und glotzte auf die abgeplattete Spitze der Cheops-Pyramide, auf der Flaubert auch einmal einen Sonnenaufgang erwartet hatte, der auch rechtzeitig eingetroffen sein soll, und trank fünf oder sechs Flaschen von dem ägyptischen Stella-Bier.

Um sechs Uhr nahm ich mir trotz der kurzen Strecke ein Taxi, ließ es warten und suchte meinen Dragoman vom Vorabend. Wir stiegen schweigend die Galerie nach oben. Es stank nach

Fledermausexkrementen, Urin und einem undefinierbaren Geruch, der ein bißchen beizend war, und den man an keinem anderen Ort auf diesem Planeten riechen kann.
Das letzte Stück mußten wir durch einen Gang kriechen, und dann hatten wir die Königskammer erreicht.
Vor dem angeblichen Sarkophag aus Rosengranit lagen die Decken und der Korb mit dem Wein und die Viktualien, von McGee war nichts zu sehen. Der Dragoman stieß wilde arabische Flüche aus und ergriff die Flucht.
Ich fand McGee, sehr ernst, sehr schweigsam, zusammengerollt in jener Wanne aus Rosengranit, im Epizentrum von sechs Millionen Tonnen Stein.

Der Rest der traurigen Geschichte ist rasch erzählt. Eine Flasche vom Chateau war leer, die beiden anderen unangerührt, ebenso die Nahrungsmittel.
McGee sprach kein Wort (er würde auch nach der intensiven Therapie mit einer genialen Logopädin aus Massachussetts nie wieder einen verständlichen, menschlichen Satz in irgendeinem Idiom von sich geben), aber er schüttelte unaufhörlich den Kopf, wenn er den inneren Stimmen lang genug gelauscht hatte, oder er nickte rasend schnell mit dem Kopf, als könnte er von den Geistern der Toten bestraft werden, wenn er nicht schnell genug zustimmte; aber in den meisten Fällen schüttelte er den Kopf.
Seine vitalen Appetenzen waren intakt, seine Körperfunktionen im Gebrauch über jeden Verdacht erhaben, aber er hatte keine Lust mehr zuzuhören oder gar zu erwidern, gleichgültig, was man auch sagte und fragte.
Ich brachte McGee in die amerikanische Botschaft, in der wir die Adresse eines berühmten Neurologen bekamen. Prof. Mikkawi untersuchte McGee eine Woche lang, während wir im Mena House massenhaft Stella-Bier tranken, fand aber lediglich heraus, daß McGee unter keiner motorischen oder sensorischen Aphasie litt. Mikkawi benutzte den Ausdruck ›inner speech-acts without noises with the tongue‹. Ich tippte auf ei-

nen Schock-Amnesie, aber leider wollte McGee sich in keinem Fall darüber äußeren, welchen Verlust er in der Königskammer der großen Pyramide erlitten hatte. McGees psychische Zustände waren schwankend; mitunter war er heiter bis zum Exzeß, und dann wieder laborierte er an langen Weinkrämpfen, die mit Koliken verbunden waren.
Die Urlaubsstimmung war für mich und Magdalena natürlich im Eimer und wir reisten sehr bald ab, nachdem ich den Eltern und dem College McGees ausführlich telegraphiert hatte. (McGee durch Unfall in Königskammer, Cheopspyramide, durch Sprachverlust gehandicapt; bedarf der medizinischen Aufsicht und Betreuung. Erbitte diesbezügliche Anweisungen. Kelp.)

86

Venn kam in mein Zimmer und sagte, es sei schädlich und menschenunwürdig, im Dunklen herumzuliegen.
Ich denke nach, sagte ich.
Worüber? fragte Venn und setzte sich an meiner Couch Kopfende. Vergangene Katastrophen, sagte ich, also an Anna-M. und das Liebeschaos, die Selbstzerstörung, die Verlustängste, an Haustiere, an den armen McGee, der immer so tapfer als Mensch, Wissenschaftlicher und Pragmatist gegen den Determinismus zu Felde zog und einer kleinen Privatdeterminante zum Opfer fiel, ich denke an meine Karriere als Photograph –
Lies ein gutes Buch, sagte Venn, lies ein bißchen Literatur.
Ich kann mit Literatur nichts anfangen, sagte ich, nichts als larmoyantes autobiographisches Zeug, zum Kotzen langweilig erzählt, dagegen sei die Tamponreklame ein Thriller.
Schon gut, sagte Venn, ich will dir etwas sagen, und dann sagte er tatsächlich sehr viel und das sehr schnell – ich sei negativ, destruktiv und obstruktiv, störe elementar seine positiven Impulse gerade in dieser wichtigen Phase des Anfangs, stecke alle anderen durch meine dämlichen depressiven Schübe an und machte letzten Endes keinen Gebrauch meiner höchst persönlichen Freiheit.
Mit Freiheit, sagte Venn, meine ich Handlungsfreiheit, die Freiheit zu handeln, und wenn ich handeln sage, dann meine ich handeln und nicht nicht-handeln, und du handelst nicht, solltest aber deine Freiheit ausnützen und handeln.
Welche Handlung er sich denn vorstelle, fragte ich.
Kelp, sagte Venn mit Wärme, bitte suizidier, ich besorg dir auch alles was du brauchst, und tilge alle Spuren, aber bitte mach Schluß. Ich habe derartige Schwierigkeiten mit einem Herrn Brant, einem kranken Sektenheini, der simuliert und mich aufs Kreuz legen will, daß ich mir Deine Niederlagen-Strukturen, dein totales Sinn-Defizit und Vacuum an Bedeutungen einfach nicht leisten kann.
Hier hast du 2000 Mark, geh in ein schönes Hotel, nimm dir

eine Suite, schreib ein paar sentimentale Abschiedsbriefe, vergiß nicht die Schmerzen deiner Mutter, wie der Poet sagt, schick Anna-M. eine Briefbombe und mach dann sauber Schluß, glaub mir, das wäre für alle Beteiligten das Beste. Du bist nichts anderes, sagte Venn zum Schluß, als ein enormer Störfaktor.

Welche Schwierigkeiten, fragte ich, es mit Brant gäbe.

Brant sei ein Konkurrent, sagte Venn, in Sachen Sinn-Defizit-Ausgleich und Sinnvermittlung, aber er werde ihn fertigmachen, sowahr ihm Gott helfe.

Legte mir noch einmal warm den Selbstmord ans Herz und ging danach erfrischt über seine positiven Impulse.

87

Am Morgen der Ankunft von Aurel erfand ich beim Frühstück (Brant gelb, eingefallen, bleich und aphon) noch ein paar Katastrophen. Die letzte hieß: Meerkatzen überfallen Goethe-Institut in Afrika.
Brant erhellte sich durch ein Lächeln und fragte dann auf einem seiner Zettel, wie ich mit der Desastertheorie vorankäme, wenn überhaupt.
Ich kann, sagte ich wahrheitsgemäß, kein Ordnungsprinzip entdecken. In einem gewissen Sinn ist bei solchen Desastern das selbstinduzierte Unglück am einfachsten zu rekonstruieren, obwohl es so kompliziert wird.
Anna-M. zum Beispiel vertrug meine übergroße Liebe und Begierde nicht, der ich mich so anpaßte, das nichts mehr funktionieren konnte.
Brant sah schon ein bißchen besser aus.
Diese ganze Story könnte man auch rubrizieren unter Pathologie der Verblendung unter besonderer Berücksichtigung der Zeit-Modi, denn während der rasenden Anfangsphase war Kelp überhaupt nicht verblendet und konnte in ihren Armen durchaus ungeniert andere –
Oja, sagte Brant mit tiefer Stimme; er war gottlob wieder sprechfähig und würde seine Aurel in sechs Stunden und 22 Minuten mit einem vollständig elaborierten Satz aus dem Liebeskanon begrüßen können.
Das ist so wahr, sagte Brant, bei mir setzte die Verblendung in dem Augenblick machtvoll ein, als nichts mehr selbstverständlich war. Der Entzug verschaffte ihr den Nimbus des Hausaltars, den zu penetrieren nicht mehr erlaubt war, verzeihen Sie diese Metapher. Wie sehe ich aus, Kelp, aber bitte die Wahrheit, bin ich noch attraktiv für eine Vierundzwanzigjährige?
Ich sah das liebe Wrack an und erwiderte, er sähe ganz vorzüglich aus. Schlug vor, sich zu einem guten Coiffeur zu begeben und eine Gesichtsmassage machen zu lassen und ein bißchen dezente Bräunungscreme auftragen zu lassen.

Ich habe von dem Geschmack von Messing geträumt, sagte Brant geistesabwesend, und ich unterbrach ihn ebenso geistesabwesend und sagte, der Messinggeschmack werde durch besonders intensive Küsse erzeugt, nach diesem Geschmack von Messing auf der Zunge gäbe es kein Halten mehr bis zum Fiasko.
Wir schwiegen voller Sympathie über diese unvermutete Rochade und bestellten einmütig zwei Gläser Veuve Cliquot.

Ordnete meine desaströsen Papiere und hörte im Nebenzimmer Brant in Erwartung (wessen?) Aurels.
Hatte ihn vom Friseur abgeholt. Mein unschuldiger Brant hatte sich nicht nur eine Gesichtsmassage von einer kleinen, knabenhaften Nadine mit einem hübschen Popo angedeihen lassen, nicht nur eine Maniküre und eine komplette Pediküre seiner eingewachsenen Fußnägel hatte er über sich ergehen lassen, sogar die Haare waren gefärbt und hatten ihr schmutziges Weiß-Gelb verloren. Seine Haare waren blauschwarz, sozusagen indianerschwarz, und er duftete nach einem ländlichen After Shave, das an gute Hirten erinnerte.
Beim Mittagessen im Hotel (Sonnenschein, dazwischen kleine Regengüsse) stellte ich fest, daß mein Schäfchen den Nagel des Mittelfingers seiner rechten Hand bis auf den Stumpf kupiert hatte.
Eine Vorsichtsmaßregel, sagte Brant verschämt.
Nach dem Essen, bei dem wir nicht viel herunterbrachten, trieb ich ihn zu einem Spaziergang. Es war erst 14 Uhr. Brant fröstelte vor Nervosität, und die teilte sich selbstverständlich auch meinem zerrütteten Nervensystem mit.
Sie wissen auch genau, wo der Bus halten wird, fragte Brant mehrmals.
Um 15 Uhr verordnete ich Brant ein Mittagsschläfchen und versprach, ihn um 16h zu wecken. Las ein bißchen Queron, weckte Brant mit dem belebenden Elexier Fluprim in Coca-Cola, danach stopfte ich ihn mit einer Valium voll, ich selbst fraß eine Dogmatil. Wir waren gerüstet. Brant scheuerte zum achten Mal seine Prothese und sprühte sich Odol in die Kehle.

Punkt 16h standen wir auf dem Platz mit dem Denkmal, einer alten Schrapnellhülse, allen denen gewidmet, die es erwischt hatte.
Die zweiundzwanzig Minuten wurden sehr lang.
Weiß noch, daß ich mich an alle Situationen von Erwartungen

und Nicht-Erfüllungen der Erwartungen erinnerte, an Erwartungen, die in ein Fiasko umschlugen und auch schöne. Betete für Brant, hätte aber für mich beten sollen.
Stellte mir vor, der Bus führe in einer großzügigen Kurve am Restaurant mit der Balustrade entlang (dort hatte Brant seine Rotwein-Dotter-Diät absolviert) und hielte mit einem mitfühlenden Schnaufen, und dem Bus entstiege, vielleicht in dem schwarzen Leinenkostüm, die göttlichen Nasenlöcher gebläht, meine einzige, unvergeßliche Anna-M.
Der Bus, der Bus, sagte Brant in diesem Augenblick.
Der Bus war ein stromlinienförmiges, böse in der Sonne glitzerndes Ding; man hätte die Flucht ergreifen sollen. Konnte doch Brant in dieser Situation nicht allein lassen. So entwikkeln sich auch aus edlen Motiven die Katastrophen, für die unedle oder überhaupt keine gereicht hätten. Das Ungetüm mit seinen rauchgrauen Scheiben hielt natürlich geräuschlos, und dann öffneten sich die beiden pneumatischen Türen. Hinten wurde nur das Gepäck ausgeladen, keine Passagiere. Zuerst stieg ein sehr dicker Herr mit einem Strohhut aus, Apoplektiker, schwer infarktgefährdet, schnappte schon beim Aussteigen nach Luft. Ihm folgten zwei alte, schwarz gekleidete Damen, offenbar Schwestern, die einander umständlich und liebreich halfen, so daß sie beinahe übereinander stürzten. Ein kleiner Knabe erschien, ein grinsender Mongoloider, dem eine Schar von ca. sechs Mongoloiden folgten, alle verbunden mit Riemen und Schnallen, in der Obhut einer hageren Dame mit tiefliegenden Augen und einem Schnurrbart, und dann gab es eine Pause (und für mein Schäfchen bestimmt eine Systole), und eine junge Dame erschien in einem blauen Kostüm mit einem kleinen roten Hut auf dem Kopf. Sie lächelte, und man sah zwei wohlgeformte Schneidezähne wie bei einem salonfähigen Kaninchen.
Sie stakte auf ihren hochhackigen Schuhen auf Brant zu, umarmte ihn und sagte zärtlich, lieber, mein lieber Onkel Brant. Onkel Brant zuckte ein bißchen zusammen, löste sich und stellte mich flüchtig vor.

Aurel hatte tatsächlich etwas Kaninchenhaftes; ihre Augen schossen in der Gegend herum, ihre runden Nasenlöcher waren immer in Bewegung, und sie zeigte unaufhörlich ihre beiden Schneidezähne.
Ich ließ die beiden in der Bar allein (Sie haben sich bestimmt viel zu erzählen, sagte ich) und ging auf mein Zimmer. Der Count-Down hatte begonnen.

89

Man müßte das Eintreffen eines Ereignisses, d. h. die Bestimmung des Wahrscheinlichkeitsgrades, daß ein bestimmtes Ereignis eintritt, immer mit dem prospektiven und abduktiven Ingenium von Sherlock Holmes analysieren.

Der Rest ist schnell erzählt, wie Queron erzählt.

Sitze ruhig an der Chromplatte meines Schreibtisches, in Kunstharz für die Ewigkeit eingegossen liegt das Projektil im .kal 6.35 mm vor mir und meine Papierstapel aus Le B., alle ordentlich beschriftet, lexifiziert in der post festum-Manier des Niederlagenspezialisten und paginiert, damit nachträglich nichts durcheinander gerate.

Individuum est ineffabile, sagt Queron, das einzelne ist unbeschreibbar, wie wahr. Aber ich hatte damals noch nicht einmal eine Hypothese.

Wollheim sagt in seinem Büchlein Desaster-Theorie zu recht: der semiotische Stellenwert eines beobachteten Sachverhaltes wird von Hypothesen bestimmt; der symptomatische Wert eines bestimmten Elementes der Realität (an dieser Stelle holt unser Wollheim tief Luft), sein referentieller Wert ergibt sich aus der nur auf Vermutung basierenden Entscheidung, ihn als relevant zu betrachten.

So weit so gut. Der Reihe nach, der Ordnung halber.

Ließ die beiden vollständig allein am 25.

Schlief am 26. wie ein Toter, nicht heimgesucht von Träumen, und wurde geweckt von einem infernalischen Lärm in der Luft; ungefähr zehn Helicopter tobten mit dem Geräusch verrückt gewordener Traktoren durchs milde Luftmeer von Le B. Jagten irgendeinen Burschen, der aus einem Zuchthaus ausgebrochen war und seine ganze Familie mit einem scharf geschliffenen Federmesser umgebracht hatte; offenbar ein Gelehrter. Wünschte ihm alles Gute und versuchte weiterzuschlafen. Aus dem Nebenzimmer drang kein Geräusch.

Wollte mich unter keinen Umständen zeigen, aß einen Apfel, der mir eine hitzige Diarrhöe bescherte, mein Magen hielt

nichts von Konventionen des Zartgefühls, und machte mich an die Lektüre Querons, dem es im Jahre 1784 wieder erbärmlich schlecht geht.
Queron lauert der Dame im Park auf, präpariert dafür, die Schöne mit einer Antwort zum Hume-Problem aufs Kreuz zu legen, scheitert aber kläglich.
Zu diesem Problem, das sagt Queron zu seiner Herzensdame, während es in seiner lumbalen Zone kraftvoll rumort, gehen die Meinungen der Philosophen auseinander. Die einen halten es für logisch möglich und oft auch für wahr, daß der Wille als eine echte, d. h. als eine Humesche Ursache des Verhaltens wird. (An dieser Stelle steuert Queron unwiderruflich in seine Niederlage.)
Dann sagte ich prononciert zu der Dame, mein Wille sei es, ihren Körper und ihren Geist zu lucubriren und expectorirte mich auf eine so schamlose Weise, die meinem Wesen durch Zufall so gerecht war, daß mir die Schöne alle Kraft der Entscheidung und des freien Willens abnahm, indem sie höhnisch lachte und mit ihren Sonnenschirm in die sakrosankte Zone stach, worauf ich mich betrank und mir einen scheußlichen, glühenden, schmerzenden Ausfluß bei Babette holte.
Beschloß, nie wieder Hume zu lesen.
Muß mit Loomis über die Zirbeldrüse sprechen.
Descartes sagt, daß diese kleine Drüse der Hauptsitz der Seele sei, der so zwischen den Hirnkammern, welche die Lebensgeister enthalten, aufgehangen ist – und ich nehme an, daß all mein Unglück darin beschlossen ist, daß Gott sie falsch aufgehangen hat.
Ging auf die Weide zur Kuh Amelia und schöpfte Trost aus ihrem seelenvollen Blick, schloß im Sinne des Bischofs Berkeley die Augen, und nichts existierte mehr, auch ein Trost, und als ich die Augen öffnete, ließ Amelia einen Fladen fallen, der mich in dem Augenblick zu Tränen rührte.
The seim anew.

90

Gegen Abend kam folgerichtig, d. h. wie berechnet, ein Billett von Brant, ob wir nicht alle ausgehen wollten, vielleicht ein schönes Gartenrestaurant, Aurel habe Appetit auf Confit de Canard.

Wir fanden nach einer gemächlichen Fahrt ein Gartenlokal in der Nähe von Domme, da wuchs Hibiskus, am Himmel trieben träge Schäfchenwolken, Brant war ein bißchen aphon, Aurel ziemlich aufgedreht. Wir saßen an einem Tisch neben einer Hecke, Brant neben Aurel und ich ihr gegenüber.

Sie sind also der Freund von diesem wahnsinnigen Venn, sagte sie nach ihrem ersten Aperitif.

Freund und Compagnon, sagte ich, seiner Gesunden Geschäftsidee. Ein Plagiat, sagte Aurel bedeutungsvoll und blickte auf Brant. Aber bitte, mein Kind, sagte Brant.

Und man weiß bis jetzt nicht, fragte Aurel mit entblößten Schneidezähnen, wer ihn abgeknallt hat?

Ich sagte wahrheitsgemäß, ich hätte die schlimme Nacht mit einer Überdosis Schlaftabletten in meinem Bett verbracht, der Suizidversuch sei leider eine Pleite gewesen, sowohl in der Ausführung, wie auch in der Wahl der Zeit.

Richtig schade, sagte Aurel, daß sie kein Zeuge waren, aber ein Alibi hätte ich ja immerhin gehabt.

Brant war blaß und bat um andere Themen.

Wie geht es mit deiner Arbeit über Andrew Marvell voran, mein Schatz, fragte er.

Gottlob kam der Ober in einer Barbecue-Schürze und nahm unsere Bestellungen auf. Aurel bestellte ihr Confit de Canard und wir bestellten, der eine und der andere Kranke, erst einmal eine Bouillon, aber mit Mark.

Und was machen Sie so, fragte Aurel.

Über uns flog eine Taube und ich hoffte, sie würde eine kleine Kotbombe direkt in Aurels Mund applizieren. Tauben sind leider keine Möven.

Sieht Onkel Brant nicht phantastisch aus, fragte Aurel und rieb

ihre runde Kinderstirn mit ihren blonden Sechserlöckchen an Brants Schulterpolster rechts. Brant war bleich und er schwitzte; wenn er nicht aufpaßte, wäre er bald wieder aphon.
Bis zu diesem Punkt ging alles gut. Wir lavierten leidlich durch Aurels Eindrücke über das barbarische Amerika und ihre Auffassung von Marvells Gedicht To his coy mistress, das sie mit Kinderstimme aufsagte, während sie ihr Knie an mein knochiges Gebein preßte, sehr plötzlich.
Um alle Reize zu nivellieren, trank ich in großer Geschwindigkeit sehr viel Wein, ein Hausrezept der Abstumpfung. Funktioniert aber nicht immer.
Jedesmal, wenn ich mit Anna-M. ausging (›ausgehen‹ – was für ein Ausdruck), weil es nichts zu feiern gab oder sie ihr neues Kriziamodell zeigen wollte oder ich wieder ein Feature losgeworden war, was immer schwieriger wurde, weil ich zum Kondensieren neigte, was wieder Redakteure bis auf den Tod haßen wegen der Ausgewogenheit zwischen Blödheit und Sinn – immer dann betranken wir uns, als wärs ein Naturgesetz. Im Suff ließ meine Süße alles los, was tagsüber durch Nüchternheit gebannt wurde; bald fixierten wir uns wie Feinde, ihre Lippen wurden vor Haß feucht und voll, und sie mußte sich häufig die Lippen lecken wie eine Tigerin, während ich den geliebten Körper des Feindes zunehmend herabgesetzt in meinen sämtlichen Reaktionen betrachtete.
So hätte ich auch an diesem Abend die relevanten Merkmale besser im Griff haben müssen, die sich später leider anders entluden, als verbaliter.
Jedenfalls waren wir alle ziemlich besoffen, als wir in Le B. ankamen. Aus Gründen der Dezenz wollte ich die beiden allein lassen, den lieben, begierigen Onkel und die niedliche Nichte, aber Brant bestand auf einem Night-Cup in der Bar, so daß wir auf den guten St. Emilion Champagner tranken. Keine gute Mischung.

Irgendwann in der Nacht wachte ich auf.
Im trüben Licht der kleinen Nachtischlampe mit ihrem Perga-

mentschirm, der mich immer an Menschenhaut erinnerte, hockte Aurel nackt auf mir, die Hände auf meine leptosome Brust gestützt, ob ich rigide war, weiß ich nicht, mein Bewußtsein oder seine Reste waren ja erbärmlich reduziert. Wahrscheinlich schloß ich die Augen und ließ es in Gedanken mit kleinen Stoßgebeten an Anna-M. passieren, aber dann öffnete sich die Tür und Brant sah uns zu, d. h. ich sah Brant, während Aurel bewußtlos, die Schneidezähne in ihre Unterlippe geschlagen, weitermachte.

Diesen Blick kann ich nicht vergessen. Ich apperzipierte keine Empfindungen aus dem Reich der Sinne, sondern nur die Geräusche – das leise Ächzen der Matratze und die Geräusche des Aufpralls von Nachtschmetterlingen am Pergament. Brant hielt seine Augen auf mich gerichtet und schloß dann sehr leise von außen die Tür.

Wie diese Szene endete, weiß ich nicht genau.

Im Bett hatte ich den Duft von Charlie und ein paar blonde Haare auf meinem Kopfkissen.

Schloß mich ein. Hatte noch eine halbe Flasche Rotwein, die ich austrank. Fühlte mich sterbenselend.

Schob Brant ein Billett unter die Tür mit dem Text:

Lieber Brant,

tut mir entsetzlich leid, aber da kaum Bewußtsein mit diesem Fiasko verbunden war, weder vorher noch nachher, bitte ich dieses spezielle Fiasko als einen Unfall zu betrachten, der sicherlich nicht mehr vorkommen wird. Immer der Ihre: Kelp.

91

Mit Brant ging es rapidement bergab, während ich mich der heiligen Nüchternheit ergab und die Abreise plante, wenn ich auch nicht wußte, wohin mit mir und den exzentrischen Niederlagen. Von Brant kam nach zwei Tagen, an denen wir uns präzise aus dem Weg gegangen waren, ein maschinenschriftlicher Brief. Im Tonfall war der Brief kühl, in der Sache besorgt, eine etwas fatale Mischung.

Mein Lieber Kelp,

alle Sexualpraktiken bergen nicht nur ethische Gefahren, sondern auch hygienische, wobei ich vor allem auf die Infektionspraktiken, pardon, auf die Infektionsgefahr diverser sexueller Praktiken hinweise, die Sie mit Aurel möglicherweise, begreiflicherweise, wie ich hinzufügen muß (die fortgeschrittene Zeit, der Alkoholpegel, allzu verständliches Verlangen), nicht beachtet haben. Was zum Eindringen des berühmten Virus notwendig ist, das wissen Sie am besten. Die Eintrittspforten können winzig sein, ich denke da vor allem an Aurels zarte Schleimhäute (denn einen Pariser werden Sie ja wohl in ihrer Stimmung nicht vorsorglich benutzt haben) und an die möglichen winzigen Verletzungen, die bei derlei hastigen Kontakten immer mal wieder vorkommen.

Welche Frage mich besonders bewegt – (an dieser Stelle wurde mir klar, daß mein gekränktes und eifersüchtiges Schäfchen sich in das immer brauchbare Refugium des Alkohols geflüchtet hatte) ist die, ob Sie mit Aurel Zungenküsse getauscht haben, die, wie die Medizinische Hochschule zu Aachen in einer bedeutenden Enquete feststellte, dann nicht risikofrei sind, wenn intensiver Speichelaustausch stattgefunden hat.

Es ist kein einziger Fall bekannt, in dem Händeschütteln oder Umarmen zu einer Infektion geführt hätte; aber dabei ist es, beklagenswerterweise, nicht geblieben.

Ich bin leider gänzlich aphon und werde Aurel, die sich mit rührender Hingabe um mich bemüht, zu ihrer Frau Mutter nach Berlin schicken.

Sperma enthält Viren in großer Zahl!
Es wäre außerordentlich liebenswürdig von Ihnen, wenn Sie mich mit ein paar katastrophischen Partikeln aus Ihrer Kollektion behelligten.
Brant.
P.S.
Aber bitte erst am Wochenende.

92

Wachte am Sonnabend gegen 4 Uhr morgens auf.
In meinem Sesselmonstrum saß Queron in engen Beinkleidern und einer Brokatweste. In der Hand hielt er ein Rasiermesser mit einem elfenbeinfarbenen Griff.
Queron lächelte und sah mich aufmerksam an; dann setzte er das Rasiermesser an den Hals und schnitt sich die Kehle mit einer kraftvollen Bewegung von einem Ohr bis zum anderen Ohr durch. Über seiner Manschette aus Blut sagte er vernehmlich: Individuum est ineffabile und verschwand nach diesen Worten.
Omen-hörig und symbolgläubig rannte ich sofort in Brants Zimmer, der hellwach in seinem Bett saß und über eine Lesebrille aus Horn in einem Buch las.
Bevor ich mich entschuldigte, sah ich den Titel.
Es waren die Burial Services von Young, W.

93

Brant starb nicht an Krebs, nicht allmählich an nachlassender geistiger und physischer Leistungsfähigkeit, nicht an einer speziellen Atrophie, nicht an Arteriosklerose, Brant starb einfach so.

Die einzige Nachricht, die Brant schätzte, so daß er wieder ein bißchen sprechen konnte, war die folgende:

Asteroid bedroht Erde. Britische Astronomen haben errechnet, daß im Jahre 2115 der Planetoid 1938TV mit der Erde kollidieren wird.

Wunderbar, sagte Brant, endlich einmal eine Katastrophe, die mich nicht betrifft.

Brant, sagte ich und ließ die Katastrophennachrichten unter den Tisch fallen, ich hole jetzt einen Arzt.

Keinen Arzt, sagte Brant, ich fühle mich sehr wohl, ich bin friedlich und heiter gestimmt, bringen Sie mir nachher bitte nur eine Flasche St. Emilion.

Wir schwiegen. Zwei Wolken mit Perlmutträndern zogen mit ca. 10 Stundenkilometern vorbei. Die Vézère glitzerte. The river glideth on his own sweet will, sagte der belesene Brant, der dem Positiven bis zum Schluß die Treue hielt.

Was ist damals mit Venn passiert, fragte ich.

Brant lächelte milde. Durch die übermäßige Sinnvermittlung, sagte Brant, erwischte mich, wie ein tückischer Virus, ein absolutes Sinndefizit, das ihr Compagnon auf seine Weise heilte.

Er sagte, meine Schäden und mein Schaden, also die virulente Krankheit, seien im Vergleich zu anderen Fällen Lappalien. Als exemplarisches Beispiel führte er ein Modell vor, nämlich das komplette Modell, sie werden es längst erraten haben, das Katastrophen- und Desaster-Modell Kelp. Das war schrecklich und schrecklich komisch und auch schrecklich anschaulich, so daß ich mich gegenüber meinem Schaden obstruktiv benehmen konnte.

Aber wer hat ihn dann erschossen, fragte ich.

Mein Gott, sagte Brant, es waren schließlich Heerscharen sinn-

defizitärer Typen, die ihn hartnäckig konsultierten, und für einen unter ihnen mochten Sinn und Bedeutung durch den Schuß zusammengefallen sein; wer will das wissen.
Zum Trost über das Ableben von Venn sagten wir uns, er sei, so der Gerichtsmediziner, so gut wie sofort tot gewesen, und tranken einen Pastis auf sein unsterbliches Andenken und dann noch einen, weil es doch zwei Orte gab, nach denen es ihn verschlagen konnte, beide tödlich sinndefizitär.
Haben Sie Aurel geliebt, fragte Brant – es waren an diesem letzten Abend lauter letzte Fragen.
Aber ja, sagte ich, leidenschaftlich. Ich habe sofort gesehen, sagte Brant, daß es sich um einen klassischen Coup de Foudre gehandelt hat.
Wir tranken noch einen Pastis, dann ging ich zum Fahrstuhl und ließ mich ins Parterre sinken, zur Bar.
Plauderte, glaube ich, eine Stunde mit Monsieur Prahl, der überaus besorgt über Brants Auszehrung war (das waren seine Worte), und nach einem kleinen Abendessen, viel weiches Zeug, stieg ich wieder nach oben, eine Flasche des gewünschten St. Emilion unter dem Arm.
Ich klopfte, aber Brant antwortete nicht. Ich stellte die Flasche vor seine Tür, weil ich seinen Schlaf nicht stören wollte und ging früh zu Bett, ohne daß mir Queron erschienen wäre.
Gegen 9h morgens klopfte ich und trat auf Zehenspitzen ein. Brant lag kopfunter über dem Bett, in seinem seidenen Pyjama, den er während der amerikanischen Tournee in Boston gekauft hatte.
Ich weiß bis heute nicht, was er mit den Fingern seiner rechten Hand erreichen wollte; in der Nähe der eiskalten Fingerspitzen standen seine Pantoffeln und das kotfarbene Exemplar von Koty. Die Behandlung der Alten und der Kranken bei den Naturvölkern.

Sanft bugsierte ich den toten Körper (wesentlich mehr Masse als zu Lebzeiten) auf das Bett und legte seinen Kopf auf das Kissen mit dem Abdruck seines Hinterkopfes.

Sein Blick war absolut neutral, weder Sympathie noch Ekel. Ich schloß ihm die Augen und suchte nach einem allerletzten Billett und fand auch eines.

Unbedingt Kalziumhaushalt sanieren, hieß die letzte Botschaft auf der Nembutalpackung.

Ich informierte Prahl, der den amtlichen Arzt kommen ließ, der bei Brant einen typischen Herzstillstand feststellte.

Damit ist die Geschichte der Kelpschen Niederlagen hoffentlich komplett erledigt; fertig.

Ich packte mein Zeug zusammen, machte ein handliches Paket aus Brants Nachlaß und überließ es der Reception mit Brants Adressen für den postumen Gebrauch.

Auf der gesunden Basis von Sinn-Defizit läßt sich gut arbeiten. Ich hatte meine Lektion gelernt, indem mich das Pensum erledigte. Die Präventivmaßnahmen standen, ein wunderbares Ordnungsgeflecht von Reihen, singulären Beispielen, Serien und Bifurkationen; ein beruhigendes Random-Field astatischer Bedeutungen.

Das Absolute ist um so reicher, je größere Dissonanzen und (o, copula) je größere Verschiedenheit es umfaßt, sagt der blöde Bradley in Appearance and Reality. Eine ähnliche Perle an Sinnstiftung hätte ich dem armen Brant als Finalsatz gegönnt, aber wer weiß, ob er nicht still gestorben war, still und kraft Entschluß, den er mir bestimmt mündlich mitteilen wollte, als er nach seinen Pantoffeln griff.

Wenn ich meinen Kalziumhaushalt saniert habe, werde ich Anna-M. heimsuchen und eine stille, feuchte Feier über die vielen Tode begehen und mit ihr diese Papiere verbrennen. Allzu romantischer Plan; sie hat bestimmt Zentralheizung. Sollte mich nicht, Schwur am chromierten Schreibtisch, der Lungenkrebs krepieren lassen, bliebe nach genügend Sinnstiftung noch Brants Geburtstagsgeschenk, die Mauser-Westentaschenpistole, ein handliches Ding im .kal. 6.35, ausreichend, um das ewige Flattern zu tonisieren.

Verlagsgemeinschaft Ernst Klett Verlag –
J. G. Cotta'sche Buchhandlung

Printed in Germany
Umschlag: Klett-Cotta-Design
Aus der 10 Punkt Times im Filmsatz gesetzt
von Hieronymus Mühlberger, Gersthofen
Auf holzfreiem und säurefreiem Werkdruckpapier
der Papierfabrik Cartiere del Garda
im Offsetdruck gedruckt
von Hieronymus Mühlberger, Gersthofen
Buchbinderische Verarbeitung
von Großbuchbinderei Monheim
in Monheim

CIP-Titelaufnahme der Deutschen Bibliothek
Kieseritzky, Ingomar von:
Das Buch der Desaster : Roman / Kieseritzky. –
Stuttgart : Klett-Cotta, 1988
ISBN 3-608-95497-X

€2,50